1994年1月29日爷爷七十大寿,全家福

1996年2月6日,父亲站在我的背后

我在郑州挺好的

父子家书
1992—2001

马耀武 马国兴 著

南京大学出版社

图书在版编目(CIP)数据

"我在郑州挺好的":父子家书:1992—2001 / 马耀武,马国兴著. — 南京:南京大学出版社,2023.3
ISBN 978-7-305-26435-1

Ⅰ. ①我… Ⅱ. ①马… ②马… Ⅲ. ①书信集－中国－当代 Ⅳ. ①I267.5

中国版本图书馆 CIP 数据核字(2022)第 248852 号

出版发行　南京大学出版社
社　　址　南京市汉口路 22 号　邮　编　210093
出 版 人　金鑫荣

书　　名　"我在郑州挺好的":父子家书(1992—2001)
著　　者　马耀武　马国兴
责任编辑　陈　卓
书籍设计　周伟伟
印　　刷　南京爱德印刷有限公司
开　　本　880×1230　1/32　印张 10　字数 250 千
版　　次　2023 年 3 月第 1 版　2023 年 3 月第 1 次印刷
ISBN 978-7-305-26435-1
定　　价　59.00 元

电子邮箱　Press@NjupCo.com
网　　址　http://www.njupco.com
官方微博　http://weibo.com/njupco
官方微信　njupress
销售热线　025-83594756

版权所有,侵权必究
凡购买南大版图书,如有印装质量问题,请与所购图书销售部门联系调换

序言　发现自己的前世今生

阅读是一个互动的过程。面对同一本书，不同的读者以各异的阅历，赋予作品多重的含义。

网络时代，阅读的这个特性又有着别样的表现。多数时候，读者可以方便地找到作者的自媒体，关注之外，还能与作者即时交流。

比如我读云从龙。在《读库》上先后看过《未亡人和她的三城记》《4928-1》，对他的民间历史写作颇感兴趣，随即搜索浏览他的博客与微博，并互加为好友，不时畅聊。

云从龙认为："研究抑或观察一个社会的变迁，除了关注当时知识分子、社会精英的心理脉络，更重要的是要摄取民间乃至市井百姓的心理切片。可惜的是，前者大都通过各种途径或多或少保留了下来，而市井百姓对于世相人文的态度，却随着时间的流逝几乎整体性淹没。"

我深以为然。《读库》自2005年11月面世以来，一直致力于推介民间立场的个人历史。那些亲历者带着有体温的记忆，有细节有识见，填补了官修史册宏大历史留下的空隙，让人离现场与真相更近一步，对过去的事有更具体、更亲切与更深入的体会。

从 2011 年开始，我担任《读库》审校，常能第一时间一睹心仪之作。2015 年 10 月，我便读到了蛰伏多时的云从龙的新作《明星与素琴》。

相对于云从龙笔下的人物与故事，我更感兴趣的是他对第一手材料的重视与爬梳，辅以相关史料的拼图补白式的写作架构，既有细节也有背后大图像的呈现，转场戏换以第一人称的叙述，平实与克制的行文。

在那之后不久，我的父亲因脑出血住院，所幸并无大碍。这让我的生活慢了下来。在县人民医院照顾父亲之余，不值夜时，我在家翻看他四十多年前在云南开远解放军第五十九医院进修时的笔记。

我上中学时，父亲参与竞聘乡卫生院院长，被对手构陷，说他曾为某人做过假结扎手术云云。他因此未能如愿。从家人的议论中，我听闻此信息，心中完美的偶像瞬时破碎。为探求此事，我曾翻阅他历年的记事台历与笔记。

当年，我从台历记事栏抄录了不少父亲的话。转引几句：

> 人言固然可畏，但更可畏的是自己的豆腐心，而不是别人的刀子嘴。
>
> 单位里，属猪的吃了不干活，属狗的吃了还咬人，属牛的干了还挨鞭子。

患难知己，友谊才开始。

年岁渐长，如今看来，每一句话背后，或许都有惊心动魄的经历。

在一本笔记里，我发现了一份《关于王××的爱人李××做绝育手术前后的情况》。这是父亲写于1980年4月18日的证明材料，其中所述，或为后来的绊脚石。转引于此：

> 1980年3月31日下午，在我院手术室，我和牛××、刘××等同志，为李××行保胎输卵管结扎术。手术开始顺利，打开腹腔后，由于怀孕月份大，子宫底已平脐，受术者不配合，手术不能正常进行，后经领导批准关腹。
>
> 关于保胎结扎，术前几天（具体日期记不准），王××找到我说："马医生，能不能做保胎结扎？"我说："关于保胎结扎，以前咱这里做过，但现在要请领导批准才行。"后来，院长同意，牛××通知我才行手术的。

不过，由于对医学无感，生活日记部分又多记录我出生之前的事，中学时代的我，只是走马观花，随即就放下了。

但是此刻，似乎是云从龙给了我另一只眼，再看这些笔记，医学内容之外，父亲的入党申请书、大字报、1980年建房五间各项投资款额等，读来颇有意味，我在文字里重新认识了父亲。

随后，就某些话题，比如为何他最终没有成为一名中共党员，我与父亲做了沟通。我心里一动：何必去搜寻别人的故事，眼前这个人就值得关注啊。几年前，我就提议他应该写写自己的经历，但被他推托。而今他大病初愈，右手无力，更无可能执笔作文。

就如清代学者阮元所言，对读书人来说，若每人负责三十里，重视研究各自的乡邦文献，便会形成一个巨大的文化史学的网络。经父亲同意，我将其八本笔记请回郑州，扫描每个页面，并录入、整理其中的非医学文字。我的本意是想讲述一位赤脚医生的故事，即便最后未能如愿，这个行为本身对自己也是有积极作用的。

其间，我难免有困惑，比如材料如何选择，文字加工到什么程度合适。便在网上向云从龙请教，并提出他可写一篇整理材料心得，偏技术方面的。他回复，他的确有过这样的想法，但觉得自己在这方面的努力才刚刚开始，说得多了，难免有好为人师的嫌疑，还是算了。互加微信好友后不久，他发来黄章晋的《怎样整理父辈的日常生活》，供我参考。

2016年9月19日，父亲的笔记全部整理完毕，得五万余字。但限于手头素材的细节与故事不足，又无暇访谈，一时陷于停顿。11月17日，赵瑜看我在微博晒二十年前刚刚加盟郑州三联书店时的家书，约我整理一万字左右，拟推荐给《天涯》杂志"民间语文"栏目发表。经综合考虑，我选择1996年的父子家书，录入并编辑后，发给了他（一年后，《父子家书（1996）》发表于《天涯》2017年第6期）。随后，思来想去，索性将那一年之前的家书也一并录入整理。

此前，云从龙在微博里展示了自己收集的一位父亲珍藏的两个女儿的信，如此感叹："结果却是，父亲归山以后，这些东西统统被女儿抛弃。"我评论："这些东西和藏书一样，命运无常，所幸，它们被有心人发现了。"有网友说，就算留在家里，也不会读，归于风中适得其所；有网友说，书信这类民间文书，若无藏用，归于认为值得珍藏或利用者之手，乃得其所宜；有网友说，父爱就像黑夜中的眼睛，一直关注着你，而你有时却感受不到，甚至责备他漠不关心，却不知他一直在指引你前行，默默地，即将当爸爸的你，才渐渐体会父爱的沉甸甸……

我与父亲通信，始于1992年。起因是，我在县一中读书时，高二下学期的五一假期，约请同学到家里玩，当父亲从外面回来，得知其中有女同学，他"脸上一寒"（母亲转述语）——为了解释，回到学校，我给他写了一封信。2001年之后，家里装了电话，我那时也已结婚，彼此就很少写信了。

我给别人写信，从不自留底稿，不过对于收到的信件，虽历经多年漂泊，也从不会遗弃。为避免散失，也为阅读便捷，每隔一段日子，我会将其按照时间顺序排列，一针一线，装订成册，有多人合集，亦有单人专辑。1997年之前的父子家书，我曾编为两册。我写给父亲的信，自然是数次回家搜罗过来的。

等到录入整理告一段落，在又一次回家之前，我准备将1997年及之后的去信一并请回。但当时难免有疑虑，毕竟已近二十年，即便还在，或已不全。还好，父亲的生活很有条理，我的信一封不缺。摊信在床，在透过纱窗的阳光下，泛黄的信封与信纸，反射着时光的味道。

我对家人说，这是一笔精神财富，当年零存，今日整取。

从 1992 年到 2001 年，从我十八岁到二十七岁，整整十年，家书记录了我的成长史。在录入时，可以清晰地看到一个男生蜕变成男人的迷惘与喜悦，一个父亲化身为朋友的关爱与指导，一个家庭传承并发展的家风与家教。我决定将这些家书编辑出版，与更多的人分享。当然，为方便读者理解，拓展阅读视野，书信之外，需另撰相关文字，作为旁白。

追根溯源，我的举动和云从龙有莫大的关系。《明星与素琴》单行本出版后，2017 年 4 月 14 日，他给我回了一封长信，其中写道："您由我的写作进而注意到令尊大人，去整理他和您之间的那些通信，这些给了我莫大的鼓励。时代毕竟变了，越来越多的人，自我意识开始觉醒，开始反复追问'我是谁''我从哪里来''我要到哪里去'这样的终极问题，而不是再甘愿成为'炮灰''脑残粉'和'小迷妹'，这样的时代终将过去。我的写作，如果能让哪怕一个人，意识到他的父辈、他平日里再普通不过的柴米油盐，也有着不同凡响的伟大和津津乐道之处，我便很知足了。"

云从龙此言，自然不限于他与我之私，也点明了民间历史写作的价值。一定程度上，这也是我公开家书的初衷。

阅读普通中国人的故事，其意义何在？诚如云从龙所言："大地上处处都有故事，我们的谈资里也从来不缺故事。只是很多时候你都是活在别人的故事里，甘做配角甚至附庸，却从来也没有想过，在历史的河床上，你其实一直都是主角。今天，人们对王侯将相有多么迷恋，湮没在故纸堆中的普通中国人就有多重要。因为，他们在很多时候，就是你的前世今生。"

[目录]

序言　发现自己的前世今生

1992

我在文学方面缺乏研究，一生致力于医学，欣有一技之长，为民解苦，济世救人。

1993

今年腊月十八，是你爷爷的七十大寿，你若不能参加，也要来信向他祝福，以慰老人心。

1994

你是国家栋梁，但要有人把你当栋梁用之，才能最大地发挥你自己。若没被人发现，或发现太晚，将耽误人生年华。

053 | *1995*
关于工作事,我劝你要实在一点。大学毕业,也只是劳动分子。一言以蔽之,找点事干便行。

091 | *1996*
原来在政七街时,你来信总写上"东关虎屯"字样,我就有点不悦。你属虎,怎么从大学出来就去了关虎屯呢?

157 | *1997*
小牛姑娘比你小两岁,你们有心结为百年之好,这要求你在多方面予以照顾。当然,男人女人都有思想,有主意,意识形态领域的种种认识随着长期生活,或者融洽,或者分道扬镳。

211 | *1998*
今年春天你去参加了北京图书订货会,这将使你开阔眼界、增长见识。这些生活的知识,在书本上读不到、学不来,只有亲身去体验、去参与,方能提高。

251 | *1999*
家庭生活总是锅碗瓢勺交响曲,开门总少不了米面油盐酱醋柴。俗话说得好:"酒肉朋友,米面夫妻。"看似平常,过好日子,确不容易。

2000

3月20日,全家人围坐电视机旁,观看《都市报道》节目。你姐姐眼明嘴快,看到三联书店作家签名售书的报道,她说:"作家张宇旁边坐着的不是马国兴吗?"

2001

说到生孩子,你爷、父母都有点想得慌。俗话说:"三十没儿心中想,四十没儿老街嚷。"趁年轻体壮,养个儿女也是应该的。请你们三思。

附录　老爸的语文课 / 马骁

后记

1992

关于你的来信，在文风上太啰唆，篇幅太长。这在你们中学时代一是免不掉的通病。一封家信，应主题突出，简而明之，一目了然。以后写信、写文章要注意。不过，我在文学方面缺乏研究，一生致力于研究医学，欣有一技之长，为民解除痛苦，济世救人。虽不是菩萨，可有慈悲心肠，普度众生，救死扶伤。

父亲大人见信如见儿：

　　父亲，您还记得一个叫祝家华的吧！她在县计生办工作，听说，她也曾去过咱们家。是的，说这个人不是没有原因的，5月1日去咱们家的其中一位同学，十中的叶田，就是她的女儿。

　　说起叶田来……

　　日历翻回到今年的3月7日。我的同桌——5月1日到咱们家的另一位同学李成花，说要给我介绍一位文友，名叫叶田。于是在那日（星期六）下午，我与一位男同学王卫东去李的二哥家了。

　　在见面之前，听到叶田这个名字，我联想到了咱家亲戚叶甜，以为也是开朗大方，发问如连珠炮，使我应接不暇。不承想，她竟是如此文静。

　　初次见面，印象最深的是，她说看了《牛虻》，说不出自己的感受。父亲，哦，您不知道，当那夜我送她回家后，内心是多么狂热。我头脑中始终是她那朴素整洁的穿着、不紧不慢的脚步、轻轻盈盈的话语！当时，我还作了首小诗《少男思绪》记之。

　　然而我终于冷静下来了。我看到了她的一篇习作《安静、真诚、自信——我》。她的作文很好，在十中也算一名佼佼者了，然而她怀疑自己的水平，于是请一中语文教师批改。事实证明那是没错的。她的安静、真诚、自信深深感化了我，使我不再狂热。

　　此后，便是我们文友式的鸿雁往还了。她笔名"夜艰"（以后就称其为"夜艰"吧），可分开来解："夜"包含的内容很多，在夜里觉得自由，可以"胡思乱想"；取"艰"，是因为当时心情不好，觉得活着太难了。她对我的笔名"曲辰"（意即"農"＝"农"）很是欣赏："Hello，老农！""提起老农，总有种特别亲切的感觉。"这些话，您都可以在我的床边桌中的信集中找到。

说真的，交这个文友我觉得很幸运。我的作文《过年》，记述了壬申春节咱家过年的情况，洋洋洒洒二十多页。请夜艰看了，她说此文让她想起几年前在老家过年的情景。之后又讲了不足之处："有些地方我觉得太啰唆，显得烦琐。"我的旧作《来自农村的中学生》写于去年春季（二哥看过的），现在又让夜艰看了，她也提了不少建议，供我改稿时参考。我很感动，我将来重写这小说时必须得注意以往的缺点了。她不但对我写作帮助甚大，而且对我的学习生活也有大的帮助。她说："好好干吧！你的成功有太多的内容，同样，也很沉重。""走出自己，多看看外面！""唯愿真正过得好！"刚刚结束了际东行，她又说："所有的努力，都是有回报的。拼一拼，这一生都会觉得：'活着，值得！'"

她对我有了如此的帮助，我当然不是冷观的。她要看书，于是我给她捎来了《地球的红飘带》《羊脂球》《气球上的五星期》等。另外，我自己编辑的《新星文学报》也请她阅览了。我的每一次去信也一定给了她某种力量，我以为。昨天她的来信一共写了五页，其中二页抄录了余光中的《朋友四型》。从后面的话来看，她是把我看作"知己"，看作"高级而有趣"的朋友了。之所以如此，是因为我说了这句话："你说你自己'难以言喻'的，其实这是你感受至深者啊！"初次见面，她说看了《牛虻》说不出自己的感受；后来，她说读了《红楼梦》难以名状自己的感受，又说，《大堰河——我的保姆》读后，"心里的感受难以言喻"……我前后思量，说了上面那句话，果然如此。

综上所述，我现在与夜艰是文友关系，清纯的。我之所以说了上面的一大堆话，是因为我一直敬佩着您，感谢着您，父亲。家人可不必为我的什么事操心，顺其自然吧！至于学习，我会拼命的，因为有许多人的目光注视着我，因为我记着这样一句话："所有的努力，都是有回报的。拼一拼，这一生都会觉得：'活着，值得！'"

家里人心一定很浮动的吧！两位女同学首次步入马家，是老三领去的，定是哗然的。感谢爷爷，给了我20元让我买礼物给夜艰，现在看来，这钱怕是绰绰有余了。请转告母亲大人，她家搬家并不举行什么仪式，只是约几位朋友聚聚而已，我也只需买本书什么的就行了。剩下的钱我会好好花的，这周就不回家了。

祝全家和睦、万事如意！

顺祝

工作顺利！

心想事成！！

三儿　马国兴

1992年5月3日

于一中二（3）班

三儿国兴：

你5月3日的来信，我于6日上午在门诊上班时收到。当时正值病人来诊高峰，很忙，一时顾不上看。

从来信中了解到，你和叶田是同龄人、学习上的朋友，这很好。虽不在一个学校，但都是九十年代的中学生，在文学领域相互交流学习心得、感受，促进思想认识提高，互勉共进，争取在学习上取得好的名次。这是天下父母望子成龙、望女成凤的共同心愿。

要记住，学生的任务是学习，长知识、学本领，究竟怎么样，金榜题名时。

我们（代表全家）不反对你们年轻人交朋友，男友女友也都是咱家的朋友，为你能结交朋友而高兴。我们家好客，待人亲切、真诚，这是家风传统。有句名言："近朱者赤，近墨者黑。"人的一生，能有一知己足也！即时髦的说法："理解万岁。"

关于你的来信，在文风上太啰唆，篇幅太长。这在你们中学时代是免不掉的通病。一封家信，应主题突出，简而明之，一目了然。以后写信、写文章要注意。不过，我在文学方面缺乏研究，一生致力于研究医学，欣有一技之长，为民解除痛苦，济世救人。虽不是菩萨，可有慈悲心肠，普度众生，救死扶伤。

仝家人为培养你能有出息、学出点名堂，节衣缩食，希望你不要辜负大家的希望。你知道你为啥名叫国兴吗？希望你能成为国家栋梁之材！

祝儿

进步

父签
1992年5月6日

【旁白】

一来一回，拉开了父亲马耀武与我长达十年持续通信的序幕。

我的故乡在河南省焦作市博爱县磨头镇际东村。

父亲与我通信时，是磨头卫生院外科医生。

由于可以理解的原因，家书中提及的部分人物为化名。

学生时代，每逢同学生日或其他什么日子，我最爱送书。其他礼品价值不菲，我这个从乡村出来的纯消费者无力采买，而投其所好地选一本书送人，颇为合宜。

要说我对叶田没有别的想法，也不尽然。那时每次送给她书后，未免想入非非：将来我们大约要牵手一生的，双方的存书必然合二为一，虽说那本书自己还没有看过，也不必再买了，省得重复性建设。

1992年4月4日，经文友叶红英引荐，我以博爱县第一中学学生的身份，成为博爱县文学工作者协会第三十四名会员。6月，我的小品文《黄色风暴》发表于《竹笛》总第10期，这是自己的文章第一次变成铅字。

我的笔名，除了"曲辰"，还有"马虎"，缘于自己姓马属虎。不过那时极少发表习作，所以很难用到它们。后来，我经历了一次偷书事件，从此对笔名不以为意。

1994年1月9日，是个星期天，快放寒假了，我到街上转，想买两本书回家看。在郑州恒大书店，我买了本《家》，意犹未尽，又转进附近的新华书店。

各个书店的书大同小异，我巡视一圈，倒也没有什么值得买的，唯一看上的《早晨从中午开始——〈平凡的世界〉创作随笔》，我已经在《女友》杂志上读过了，而且那么薄薄的一本，竟要3.30元呢，厚厚的《家》不过才6.95元啊。

我心里有点不平衡，一个念头忽地闪过：不如把它偷走吧，塞到棉夹克里也不显眼，还可以省出一天的饭钱。

孰料，在我行动时就被人家盯上了，待到出了门，给抓了现行，人赃俱获。我毕竟心虚，居然没想起说"忘付款了"，只辩解一句"是在别的书店买的"，就被人家的"那怎么没有销售戳"压了下去。

书店工作人员要我写份检查，并接受书价的十倍罚款，否则就要把我送到派出所，通知学校去领人。

还是认罚吧，口袋里有50多元钱，可那是回家的路费和放假之前十来天的生活费,我求着人家能不能少罚点儿,自然被"书店规定"给顶回来了——本来想省一天饭钱,倒搭进去十天的。

写了检查,交了罚款,我怯怯地问:"是不是那本书就归我了?"

"你要是真喜欢,就把它买走!"

回到学校,我心绪难平,在《家》的扉页写了一段话,挖苦自己:"平时写点东西,喜欢附庸风雅,缀个笔名,可写检查时怎么用起本名了?名字是自己的,自己又不善待它,情何以堪?"

我发誓,今生再不用笔名发表东西,要用一辈子的努力为本名洗刷这个耻辱。

1993

今年农历腊月十八,是你爷爷的七十大寿,你若不能参加,要来信向他老人家祝福,以慰老人心。当前,在经济上你是不会有所表示的,但以后能挣钱、成大款时,大把拿钱并不比现在一封慰藉之家信的心理作用大、精神效果好。

父亲大人如晤：

每年 6 月第三个星期天是父亲节，首先祝您父亲节快乐！

一年一度的"黑色七月"又要来到，而今，儿子就要涌入"挤独木桥"的大军了。其实儿子心如明镜：自己是要"落水"的。高考之后，我面前一定会岔开道路，我也将做出人生重大的选择。

我早已开始为自己操心了。去年秋天，见父亲为两位哥哥跑工作所累，我幼稚地给云南昆明的老舅马夫可去了信，单纯地想为父亲减轻一点负担。现在想想，怎么会不让您知道呢？

在父亲的印象中，我总是班中第一（可那是在初三），或班中第八（俱往矣），并且还时时向别人炫耀。一想到这儿，我心里直酸。县城的高中生活，我并没有随波逐流而沉沦堕落，却为了文学荒废了学业。是谁说：中学生热衷文学是为了给逃避学习找借口。我是不是这样呢？

给老舅写信，动机是参军，而后在其中创出一番成就。我不知怎么想的，一直向往那片橄榄绿。我自知是补习不进的，更何况以后收费又不知怎样。参军则不需如此烦琐。不知父亲意下如何？

我对别人说：除了考上大学我不自信外，对于其他事我是自信的。我不相信自己的汗水会白流。我不断地提高自己、展示自己、表现自己，我还要推销自己。

父亲，请相信：青出于蓝胜于蓝！

祝

工作顺利！

心想事成!!

三儿　国兴
1993 年 6 月 17 日

【旁白】

此信没有得到父亲的回应。

此前，1993 年 1 月 28 日，老舅回乡探亲。经他提起，家人才知道我暗地里曾给他写过信。他的地址，我抄自父亲的进修笔记。

高考的结果是，我"落水"了，不过随后并未参军，而是选择了自费自考的黄河科技大学。

"你们弟兄仨打了咱爸的脸！"二嫂当年如是评论。

我之所以不愿复读，是因为有自知之明。在水落石出之前，家人拿着我估的分数，询问在县教育局工作的村人。对方说，如果是这样的水平，要想考上大学，至少得三年。

而实际上，我的成绩远低于自己的估计。曾经上过初中四年级，难道还要上高中四年级乃至六年级吗？

那个夏天，和同学在县委大院周卫宏父亲的办公室，一起商议各自的志愿。

王卫东举着黄科大的招生简章说，那是他的最后一道防线。

我抢过来，说，那我就把它当作自己的第一道防线吧。

那时写作上值得一提的，是《轮椅歌手郑智化》发表于《青年知识报》总第348期，我获得了人生第一笔稿费——12元。

多年以后，得知此报停刊，一时感叹不已。

国兴儿：

黑色的七月风已过，金色的八月雨到来。

八一建军节刚过，8月3日送你去郑读书，一别不觉一周余。

这段时间内，你要抓紧熟悉情况，如老师同学、周围环境，尤其是城市交通、商场、文化娱乐中心、车站、道路等。省城要比县城繁华热闹，要学习，这也是一项内容。

昨天早晨七点，河南经济广播电台播了一则消息：黄河科技大学的女学生被人贩子骗卖，犯罪分子已在濮阳伏法。消息播出后，二玉的爸爸在我上班的路上遇见我，说："没见孩子们来信哩。"我解释说："他们刚去新的学校，各方面都有一个熟悉、了解、认识的过程，会很快有消息的。"

一定要珍惜这次学习机会，作为当代大学生，必须要有专业特长，以后在社会上才能站稳脚跟，立于不败之地。

对外宣传不要有自卑感，要善于宣传你自己。一事当前，要三思而后行。

有时间将你现在的情况通信云南，代我问候，代你爷问候。

送你去郑的那天下午，咱这里下了一场大雨。你二舅和青海海宁哥都来家。下午回来时，秀珍的妈妈、二玉的哥哥，我用车送他们到长途汽车站，结果他们五点即到家了，我们因在黄河边堵车约一小时，中途又下大雨，晚九点才到家。一切都顺利。

努力吧，前程似锦！

父签

1993年8月11日于医院

爸爸见信勿念：

14日儿收到您的来信，今回信报安。

说真的，初见黄科大，自己心里不免有失望感：虽然不是同学们传说中的简陋，但和一中相比，着实有一定差距。教室中只是多了几个吊扇而已，寝室也只比一中多了个暖气——夏天又用不着。

可是，在这儿将要学到的知识和受到的教育，却是一中不能比的。仅仅几天，我就深深地爱上了黄科大。"黄科大精神"是"开拓、拼搏、实干、奉献"，几次的校会，以及5日的开学典礼，这八个字被领导们演绎成下面几句话："要想别人看得起，首先自己了不起！""落榜不落志，自费不自卑！""在适当的时候，准确地表现你自己！"哦，表现，竞争，好刺激的大学生活。

由于报中文的极少（男八人，女六人，共十四人），和秘书班合并了。现在我们学习三门课："现代汉语""现代文选""中国革命史"，10月最后一个星期六、星期天（今年是30日、31日），我们要自考的。及格问题不大，主要是钻深——争取拿奖学金。

我现在真的成为一名"河南"人了。人说"不到黄河心不死"，而我是到了"黄河"也不死心。怎么能死心呢？心要活，思想要活。本来想和几个中文的同学搞个文学社，但最终不了了之。校报要招通讯员了，我忙报了上去。

我已和同学打成了一片。同学们有来自甘肃、内蒙古、黑龙江的，也有来自四川、江西、广东的，真乃五湖四海了。河南人也不过占了一半多。问及外省人的来由，曰：慕名而来。

学校有个储蓄所，专门服务学生的，虽然利息极低，我也存了钱进去。我们所在的只是其中一个校部，其实黄科大还有十来个校部的。新校舍估计明年夏天完工，因为施工队是三班倒，日夜不停。我并没有去过。

8月5日，在武警一支队礼堂举行了开学典礼。见到了顾问及领导。校长胡大白是位中年女性，很有作为，听说还是校办工厂厂长呢。我们新生8月15日至20日军训六天，在解放军测绘学院。花28元买了一套军装（上衣短袖）。军训后的两天休假，我本来准备回家的，现在又打消这个计划了。先学习，先熟悉这个环境吧。

我也收听了关于人贩子被正法的消息，可能是上一届的事吧。8月15日，国家教委要来黄科大检查，若通过，则有可能国家统一自考、统一分配。我先不管它，只是学好专业，拿到文凭。

兵、铁也常来郑密路校部。我们都很好。让他们家人放心。问家人好！

三儿　马国兴
1993年8月14日于郑

【旁白】

1993年8月3日，父亲约请一位朋友开着夏利车，和大哥马国正一起送我来郑州上学。他们陪我来，也为看看学校的情况。在此之前，有家人劝我不要冒险，此学校真伪莫辨，而且不带户口、不包分配的自费自学，不如复读。

黄科大创办于1984年，当时是一所全日制高等教育自学考试辅导学校，校部分散于郑州市的二七区与中原区，有点像连锁店，从一个校部到另一个校部最短也有数里。

我的某位高中同学后来也选择了黄科大，而他做出这样的决定，乃是听了我的同乡的话而动心："从一个校部到另一个校部找国兴，得走半个小时！"从岗刘校部到郑密路校部，的确用那么长时间，但他起初以为这缘于校园很大，却不料是走在公路上的。

在郑密路校部学习不久，我们搬到了齐礼阎校部，第二学年又位移至岗刘校部。在齐礼阎校部时，我们住在黄科大集体租赁的民房，学习则在齐礼阎小学内。同学们戏称：别的地方都是某某大学附属中学、附属小学，咱们则是齐礼阎小学附属大学。

"还没开始自考大学的生活，却铺开信纸，用饱满的笔倾泻饱满的思绪。写完信，反反复复看上一遍又一遍，终于没有发现什么不当之处，轻轻地折了，装入信封，封好。一笔一画地写好地址，回过头来再看，却模糊看不清了，腮部有条凉凉的虫子在爬。庄严地把信投入邮箱，心中默默地祈祷信鸽速去速回。有时不免痴痴地等到邮递员开箱，看见自己的信被装入邮包才转身离去。邮递员装走了自己的信，也装走了自己的心。于是盼，等……我的信呢？"这是当年一篇练笔里的语段，列举的事件是艺术虚构，描摹的心情却绝对真实。

我那时并没有立即给家人写信报安，只顾着给旧友倾诉转型期的种种心情。而父亲的家书，却是我上大学后收到的第一封信。这给了我当头一棒，让我认清了自己："你是谁？你从哪里来？你要到哪里去？"

和我一起到黄科大读书的本村同学，还有苏秀珍、王二玉、韩铁、王兵四人。由于报了各异的专业，我们分居不同的校部。

家书中，父亲对二玉的父亲所说的话，也是自我安慰。

时隔三年有余，一次回家返郑，我在书店班上接到了父亲的电话。平时并不爱电话联系的他，得知我安全抵郑，松了一口气，说："在报纸上看到，你回郑那天的那条路上，发生了车祸……"

爸爸及家人：

你们好！

23日接到秀珍捎来的钱物，勿忧。

前不久，我作为黄科大1993级新生的一员，参加了入学军训。附寄彩照，即19日在测绘学院操场所照。

我只差了一步去当兵，那么只有在这里圆我的军人之梦了。军训科目只有立正稍息、左右转和几种走法，教官要求也不怎么严，可是……累！从学校步行到学院有六里，一天两个来回，六天下来，加上练走法所走的路——哇，到家了！

20日在水泥场举行了军训会演，"惊动"了两家电视台和一家报社——其实，之前的开学典礼，也是它们"闻风而动"的。不知家人可在电视中注意到了没有？

不管怎么样，军训锻炼了我的组织性和纪律性，为顺利度过大学生活奠定了基础。

别不多谈,打住。

一切 OK!

三儿　国兴
1993 年 8 月 24 日

【旁白】

细究起来,我的军旅梦,不过是文学梦的另一种表现形式。

此前,我从博爱一中取回黄科大的入学通知书,要家人支持。父亲说:"本来想,万一你考不上大学的话,就让你去当兵,并且已给乡武装部打了招呼,既然来了通知书,那就去吧。"

黄科大新生入校军训制度,始于 1990 年 8 月。

同乡苏秀珍是趁军训后的两天假期回家的。她给我捎来的包裹里,有父亲写在处方上的短笺:"装箱单:秋衣秋裤 2 套,拉链外套 1 件,单裤 1 条,毛衣 1 件,现金 100 元。收到回信。"

国兴儿：

本月 27 日因公去郑，工作之余去黄科大见你，主要是鼓励学习、经济支持。望你学好。

在你来信的信封上，关于"同志"的称呼，你爷爷及在医院工作的同事感到不妥。你要知道，对父老的称谓，不同于同辈。你爷爷说，对父老应称爷、父、妈、姑、姨等以及大人，不能用同志，别人看到后会笑话的，因你是大学生了，又是专攻文学的。在给你老舅、你姨父去信时，也要注意这一点。

现在不要谈恋爱。少男少女要立志成才，要理智地对待个人感情问题，学业不成就，结婚有何用？要解决这些问题，只能再说。况且，现在正是发奋读书时。

家中事，你尽可放心。

好了，暂谈于此。

再见。

父签
1993 年 8 月 29 日

【旁白】

那时之所以在信封上父亲的姓名后注明"同志"，缘于我看到一种说法，说是此处应为邮递员对收信人的称谓。

父亲批评后，我用了几次"父"，因为有之前的认识在，总觉得别扭，后来干脆省略了称呼，在他的名字后，先写"收"，再写"启"，后写"悦拆"。

三儿国兴：

来信收阅，很好。

你只要在学业上肯登攀，经济上是不会叫你过不去的。今寄去人民币300元，以资学习。不过，要注意节约。

读书学习，是清贫艰苦的。瓜不苦不甜。作为一个人不能吃苦，哪能成功？国家主席在我们这里的干校时，不是也泥土里摸爬滚打、风雨中出力流汗吗？

名言、警句是人们长期社会实践的总结。你能记住，说明处处留心皆学问。

家里人丁兴旺，经济不算很宽裕，也能每月收入一两千元，因此，供养你这个大学生，全指望你能学有成就、事有作为。希望不要盛名之下，其实难副。

如有时间，可和云南昆明你老舅多写信交流，因为他现在专门从事文学创作和研究，并写了几本书，多和他联系会长见识的，也是对你的宣传。不过，每次要带上你爷和我的问候。

父签字

1993年11月1日

爸爸：

来信及汇款已收到，勿忧。儿一定谨记箴言："学习上向高水平看齐，生活上向低水平看齐！"

上了黄科大，我感到收获很多（或将要收获许多）。自然，学历是一部分，知识和能力也是宝贵的，但我认为最重要的是：自己思想的净化和升华。这点我是感受颇深的。在一中"文坛"，我自有"笑傲江湖"的潇洒气度，可出来一看，方知自己的浅陋。一切自私又狭隘的见识，见鬼去吧！

我一直觉得，冥冥之中总有机遇伴随着我。准备得充分或不足，导致在机遇来到时成功或失败。黄科大的"收容"又是一个机遇，曾有的经历让我反省：国兴，珍惜，发奋，准备！我把要来和已来的机遇作为动力，这才是唯一正确的做法。

我绝不会泯灭自己的理想，但我又冷静地看到：成为作家是较为遥远的事，我现在应该平淡地生活，于平淡中体味伟大和永恒，形成自己的思想。一个没有自己的思想的人，在某种意义上是不能称作人的，或者说有愧于人的称号。社会阅历浅的我，交际能力差的我，文笔笨拙的我，应该超越、充实、锻炼。

昨天接到了老舅的回信。

首先是让我代问爷爷及家人好。又说，之所以和咱家感情深厚,"是你爷爷的为人、品德在我是孩童时留下了记忆","可惜没有时间畅谈"。接着,老舅说我能上黄科大是我命好,还因有恒心和毅力。又勉励一番,说些平实的真理。

那个电视剧剧本已在各地征求意见,老舅负责昆明:"很可能我再返郑州改本子。见面的机会很快就会实现,到时我会通知你。"我期待能和他郑州相见。

就说到此吧。

祝

安顺!

三儿　国兴
1993年11月6日夜于郑州,雨

【旁白】

父亲写于1993年11月1日的那封信之前,缺失一封我寄给他的信,应为1993年10月某日所作。

1996年春节期间,我在家搜集家书,准备装订成册时,就发现了这个缺憾,而且不止这一封,其后几乎每年皆有散失的。

虽然那些信的内容不过是寻求"支援",并无足观,而且当初家人收阅后,及时做出了回应,并没耽误我的事,但我一时还是懊恼不已。

随后，看电视上重播《西游记》，晒经之后，八戒收书时，不小心弄破了经书，唐僧正在自责，悟空道："嘿嘿，师父，不妨事！天地本不全，经文残缺，也应不全之理，非人力所能为也。"

也就释然。

父母大人见信如见儿：

现在是1993年12月4日的夜晚，三儿于郑州黄科大向你们报安！

我的面前放着一张纸，一张非同一般的纸，它是"河南省高等教育自学考试课程合格证书"。成绩如下："现代汉语"74分，"中国革命史"65分，"现代文选"67分。不带一点水分、杂质的成绩。

可以说，这第一仗我打赢了。我还是感慨万千的。"现代文选"落得太低，出乎我所料，我原来可是把"宝"押在它的上面的。老师说，题简单了，分数自然往下压缩。我点头。只好对你们说，奖学金怕是不能拿了。

我是今天才得知分数的。比上不足，比下有余。展望来年，我感到肩上的沉重。我是自作主张来黄科大的，也得到了家人的支持，我就一定得走好每一步、打好每一仗。我又是个"拓荒者"，虽然咱们村有不少人也步我后尘来郑，但我是作为榜样、作为参照的，更得比别人强才行。为了破除许多不解和谎言，我得比在家的人活得更好。

明年4月，四门。我掂量着它们，觉着还可以。我对别人说，我除了对考上大学不自信外，其余都充满自信。现在我已在大学中了，只有自信自立自强才是。望着被现实的一纸击碎所有浪漫的同学们，我在想：我绝不能在今后的考试之后，也像这些人一样。

我们可能在元月23日放假，也许会提前。我不准备元旦放假那两天回家了。如今我还有百十块，没有时再说吧！

停笔。

平和家庭！

三儿　国兴
1993年12月4日于郑

三儿国兴：

见信如见面。你12月4日来信收阅，可无悬念。

我同意你来信中对自己的评价和对你所处事物的观点，对你的考试成绩表示祝贺！

这次拿不到奖学金不要紧，日月长在，只要努力，成功总是归于刻苦耐劳、奋力拼搏的人。

今年农历腊月十八，是你爷爷的七十大寿，你若不能参加，要来信向他老人家祝福，以慰老人心。当前，在经济上你是不会有所表示的，但以后能挣钱、成大款时，大把拿钱并不比现在一封慰藉之家信的心理作用大、精神效果好。

一个人不管到哪里，你是金子都会闪光。对秀珍、二玉她们多照看一下，你是男子汉、大丈夫，总比娇娥弱女要好一些。

儿走千里母担忧，寒冬天冷为你愁。特为你定做一双皮棉鞋，价值百元。

家和人旺，希勿挂念。认真读书，书中自有黄金屋！

父字
1993年12月11日于医院办公室

【旁白】

黄科大校报总第10期为招生专刊，如是介绍自考："高等教育自学考试是我国新兴的考试制度，我省每年4月和10月底在全省范围内开考两次，凡参加考试合格的单科，由省自考委发单科合格证，考完所学专业计划规定的全部课程，并取得合格成绩者，由省自考委颁发大专毕业证书，国家承认学历。"

关于奖学金，同期校报这样写道："我校对学生实行奖学金制度，凡参加高教自学考试有一门获郑州市第一名，奖励300元，第二名奖励200元，第三名奖励100元。"

那两年，我没有获得一次奖学金。

根据当年自考的课程设置，中文专业有十门，秘书专业有十三门，二者有七门是重复的，其中包括我信中所说的三门。

因此，在第一次考试之前，我与其他十三位中文专业的同学，被并入秘书专业共同学习，倒也适得其所，相安无事。

然而，在那之后，由于中文专业的学生实在太少，校方建议我们正式转为秘书专业。我们在努力争取独立而无望之下，只得接受现实。

其间少不了一番心理挣扎：你不是认为秘书专业比中文专业要容易得多吗？那么，你就投入其中试试看，假如你连"秘书"都攻不破，更何谈"中文"！假如真的很顺利，参加工作又不一定非要专业对口的……

"我没有得到我喜欢的，我就喜欢我已得到的。"这句话在自己随后的人生中，又数次支撑倾斜的内心，助我渡过一时的难关。

大二刚开学，我就面临1993级文秘班有可能被解散的危局。那时黄科大已被国家教委批准，实施高等专科学历教育。大家将此称为学历自考，而将原来的教育模式称为社会自考。校方有意消化后者，统一并轨于前者。

在此关头，我挺身而出，组织同学，据理力争，最终得偿所愿。随后，我担任只剩下十六人的文秘班班长。其人数之少，在校史上应属空前绝后。大家戏言，文秘班可谓黄科大研究生班。

1995年7月，我获得由河南省高等教育自学考试委员会及河南财经学院（自考秘书专业主考院校）联合颁发的高等教育自学考试毕业证书。

那时，我读到联合国教科文组织编著的《学会生存》里的一段话，不由得产生了强烈的共鸣："未来不是我们要去的地方，而是我们要创造的地方。通向未来的路不是找到的，而是走出来的。走出这些道路的过程，既改变着走路的人，又改变着目的地。"

爸：

首先祝您甲戌新年充实！

我们是元月23日左右放寒假，一直到2月27日。放假时估计还不到爷爷的生日，我会在腊月十八在家与家人团聚的！

19日接到爸的回信，心慰。现在是想回家的，想和亲友们相聚畅言。我知道，若放假在家，自己一定会想学校、想同学们的，不如现在珍惜所拥有的吧！

何况，又要交钱了。明年上半年的学费还是350元，加上住宿费150元等，让我听了心疚。上面这些是开学要交的，而现在先交了报考费48元。

交了报考费，我所剩无几。秀珍、二玉她们也很紧张，不便借钱。愿爸汇款百元,以度过癸酉年的最后一个月。切切!

 停笔。

 和睦家庭!

三儿 国兴
1993年12月25日于郑

1994

　　十年校庆，是你们高校的大喜事，学生会的秘书长理当更忙些，要为这难得的十年校庆忙碌工作而欣慰。这也是你学习校长、接触校长，让校长了解你、认识你的好机会。要记住：你是国家栋梁，要有人把你当作栋梁用之，才能最大地发挥你自己。如若没被人发现，或发现太晚，这将耽误人生年华。

爸：

今天，儿收到汇款 150 元，勿忧。

前不久，韩铁来黄科大找我，我才知道，他已在牧专学市场营销专业了。人各有志，我只有为他祝福，并和他比试一番了。

我在郑州过得很好，家人不要太牵挂。在郑州的老同学，有的上学，有的上班，闲时来往，共叙生活和思想。我至今最好的朋友（也是保持友谊最长的）是窦小虎，今年还在铁路机械学校上四年级。前一段他去北京等地实习，回来后，我去拜访了他。窦小虎是在磨头中心校时结识的，这又让我想到自己当初曾执意不去中心校补习的过往。人呀，"走自己的路"，还要别人的指导才行，尤其对于年轻人。谢谢爸爸！

别不多谈。

三儿 国兴
1994 年元月 3 日夜

【旁白】

窦小虎，学名窦志山。

1990 年夏，我和初中同学窦志山挥别，走上了不同的道路。我到博爱一中读书，他则远赴省城，在郑州铁路机械学校学习。

随后,窦志山加入"地平线诗社",不断寄来胶印的《地平线》社刊,以及自己的诗作。我当时办着《新星文学报》,常常选载诗社的作品,那些诗歌,使这份手抄报内容更丰富,避免其沦落成"作文报"。

后来,他送给我一本《地平线诗集》,虽印制粗糙,却难掩少男少女思绪的弥漫。经由诗社,我得到当代诗歌最初的启蒙,那些诗人如此陌生又如此亲切,我徜徉于他们的诗作,唇齿留香。

1993年夏,我追随窦志山的脚步,来到郑州。一年后,他毕业回到家乡,在月山机务段,用当年写诗的手开起了火车。

心里有,眼里就有。某日,我闲逛郑州的旧书市场,被地摊上的一本《校园诗歌选》所吸引。见是郑州铁路机械学校刊印的,便拿起翻看。孟庆玲、丁玲芳、李定、王辉……作者大都是些熟悉的名字,有没有窦志山呢?再翻,果然有,此书收了他两首我没读过的诗作。这是一本"地平线诗社"的诗歌合集,其中诗作,我通过窦志山的介绍已拜阅一二,打开此书,犹如揭启那些尘封的往事,一时百感交集,毫无犹疑地将其拿下。

《校园诗歌选》是在窦志山离校后编选的,他对此一无所知。某次他来郑公干,我将这本书送给了他。不料,由于相谈甚欢喝得尽兴,他回住处时,将此书落在出租车上了。此后,我又先后觅得两本,一本自留,一本寄给了他。如此再三出手,无他,只为纪念我们的青春。

"一切事物只要掺杂了记忆,就会在心里产生双倍的效果。"克尔凯郭尔所言非虚。

亲爱的爸爸及家人:

我于2月26日下午顺利到郑,钱、人皆安,勿忧。

照片洗出来了,成了二十四张,还不错。合影的几张全曝光了,只有一张还不错,我放大成七寸洗了五张。随信寄去几张,剩下的等以后再说吧。

爸爸,黄河科技大学即将更名为黄河科技学院了。一到学校,就听到了我校被国家教委批准实施高等学历教育的消息,从1994年起招的学生,可以转户粮关系。

然而这些,对我一无用处。目前我的面前岔开两条路:继续自学考试,十三门课程全部过关后,取得省教委和省财经学院联合颁发的文凭;转到黄科大商贸学院学习公关文秘专业,明年7月取得省教委和黄科大联合颁发的文凭。这两个效用一样,只是自考难一点儿,届时不一定能到手,而黄科大的文凭是自己出题自己批改,较易到手——不过,每年学费要高800元。

我为此思想了几天,决定如下:继续自学考试,争取一步一个脚印,按时取得文凭。这或许实现不了,但更有挑战性、竞争性。不说了,选择已定,我要投入了。(另,秀珍也报自考。)

明天是3月2日,黄科大要在省人民会堂举行庆祝仪式,听说省委书记、省长以及教委各级领导要到场讲话的。

我仿佛一个出世者,望着这美丽的过程。这一切与我无关,我只要以胡大白校长的精神自勉。

我会成功的!

祝

工作顺利!

全家好!!

三儿 国兴

1994年3月1日于郑

爸爸见信如见儿:

自学考试这条船上,如今只有我一个人了。想来是挺悲壮的。我们村共来了五位学子,如今各自奔波:兵重返家园,铁转到牧专,秀珍、二玉转到了黄科大商贸学院,分别就读涉外会计、涉外英语专业,为的是明年顺利准时地拿到文凭。

又想到了我们一年前拍高中毕业合影时,大家戏言:无论如何得要留一张,留作纪念不说,将来求谁也有凭证了。我知道,大家其实心里是憋了劲儿的,都是要暗自发奋的,都是要将来人求而不是求人的!是朋友,更是对手。

我记着老舅的话:要名副其实,不要徒有虚名。我会努力去做的。

4月1日左右，爸爸可汇款150元，我所剩还够几天用的。

三儿　国兴
1994年3月20日于郑

国兴儿：

两封来信都收到了。第一封信，装着全家福、你爷和外公的照片，很好。20日的来信，寄来了你大舅及孩子们合影的照片。

学生的任务是学习，收获是成绩。在你的面前，"沉舟侧畔千帆过，病树前头万木春"。人生旅途中自然也是这样。你是二十岁的年轻人了，风华正茂，血气方刚，正是学知识、练本领、步入社会的好时机，加上现在的改革开放好政策，只要学有成就，管什么一人一条船，越少越尊贵。"愚者千虑，必有一得"，这一得之功，可能决定终生。

如数寄去150元，收到后，来信告知。

父字
1994年3月26日

爸爸：

信于3月29日、汇款于4月5日收到，勿忧。

随信寄校报一份,也许能说明我说不清的问题。仅供参考。3月2日在省人民会堂的大会,我也作为一名班代表赴会。这些给黄科大的利益,我们这一届是与之无缘了,我只关注——校报要改刊扩版了。

致

安!

三儿　国兴

1994年4月5日

【旁白】

十年之后,2004年5月30日,应黄科大之邀,我作为"优秀毕业生"之一,重返母校,参加了建校二十周年庆典大会。

会议资料里,有一本中央民族大学出版社2004年5月出版的《丰碑:黄河科技学院二十年光辉历程》,其中的"大事记",让我深入了解了黄科大的前世今生。

1984年10月30日,经郑州市教委批准,胡大白女士与丈夫杨钟瑶先生创办郑州高教自考辅导班;1985年4月,经与有关方面商量,并报请市教委批准,创办者确定校名为黄河科技专科学校;1988年3月,经学校申请、市教委批准，更改校名为黄河科技大学；1994年2月，经国家教委批准，建立民办黄河科技学院，实施高等专科学历教育，学校成为我国自颁布《民办高等学校设置暂行规定》以后，全国第一所独立设置的民办普通高等学校；2000年3月，经教育部批准，在民办黄河科技学院的基础上，建立黄河科技学院，实施本科教育，学校成为我国第一所民办普通本科高校。

那年适逢黄科大首届本科毕业生进入社会，在庆典大会上，我见证了中国首届民办高校本科毕业生宣誓仪式。

在那之前，黄科大新闻办派人采访我，并于2004年5月10日出版的《黄河科技大学》总第141期上发表了报道《"命运为努力的人架偶然的桥"》。

那份校报属于连续性内部资料，于1990年12月试刊，1991年12月30日正式创刊。在就读黄科大的两年里，身为通讯员，我只是在1993年10月25日出版的校报上发表过《寂寞梧桐》。

《黄河科技大学学报》是一本学术期刊，国内外公开发行，于1999年创刊，由河南省教育厅主管、黄河科技学院主办。学报起初为季刊，2007年改为双月刊。学报创办后，校报并未停刊，二者分担着不同的功能。

爸爸：

这封信的意思，一是要 200 元生活费，再有就是剖剖心了。

"家书抵万金"，同学戏言，这真是说到点儿上了：一封家书换来"万金"；见我又是写在稿纸上的，又说是换"稿费"了。不管怎么说，总是在提笔的刹那，才在心头压上了石板似的——沉重。家人不要给我买夏装了，我也应学点儿买卖知识了。

和同学们相比，我的境况还是比较好的。这让我常以他们为榜样，设身处地，以增加自己的动力和压力。有一位同学在回家前收到汇款，附言中说："回家不要买啥希（稀）奇东西。"简短十字（还有一个白字）见精神，令我感动。还有一位同学，因为"基础"发生动摇而休学。他是一个弃子，现在的父母因为只有两个女儿而抱养了他——他是在一次邻里吵架时，得知自己的身世的。现在，两个姐姐已出嫁，母亲在山村务农，而他父亲则赴北京打工——真是天南地北了。我有幸读了他父亲的信，也是文句不通但极感人的。

生活总是有正面教材更有反面教材的，有时候，后者比前者的教益更大！原来我们班的同学，一个四川的男孩和巩义市的女孩谈恋爱，现在已有了"结果"——三个月的身孕。那个男孩不知所措……

哦，泥沙俱下的生活！

停笔了。

致

安！

三儿　国兴
1994年5月22日于郑

父母疼爱的三儿：

能读到大学，对你来说，应真心感激家庭对你的赞助和智力投入，现在的投资也一定会体现在将来的收获中。何况你已在为机遇做准备。"愚者千虑，必有一得"，这一得，即机遇。只要我们能及时抓住，成功将会对你招手。

读书要静下心来，虽不要"两耳不闻窗外事，一心只读圣贤书"，但也不要身居繁华闹市，像过去说的"一年土，二年洋，三年不认爹和娘"。总之，花花世界，鸳鸯蝴蝶，要洁身自爱。

寄上200元。如若需夏装，来信将所需款数写来即汇。这方面爸爸没有研究，所能也只是人类的高级工程师——医生。穿着服饰，没有这方面的专长。

夏收夏种要来了，紧张繁忙，一年一度。

驻笔。下次谈。

爸签字
1994年5月26日

爸爸及家人：

信及汇款均于国际儿童节收到，勿忧。

4月的考试结果已出来，都通过了，可以暂时安慰关心和支持我的人。

拿到合格证，这半年的经历就一一再现起来。寒假后刚开学，我就面临选择，或者继续自考，或者多交一些钱转上商贸学院公关文秘专业。我最终选择了自考，并在日记上写道："我拿青春赌明天。"如今看来，我的选择还是不错的。我现在虽不能为家人挣钱，但省下这1 600元也是令人欣慰的。这次过关的四门，其中"文书学"是班里第一，也可能闯入了郑州市前三名——奖学金是要到手的，到底多少还未知。我很高兴。

当然，我还只是努力了路程的一半，还有更曲折的路在眼前展开。这个专业还有六门课程，如今我们已开设了四门，等10月再考试。"笑到最后，笑得最好"，我知道。

至于男女情长的事，家人先不必操心，我也无意于此。没有工作，没有经济基础，一切都是空想。当然，我会在交朋友上用心的。

人是要靠精神支撑身体的，而不是凭双腿。

好了，暑假见吧，停笔。

麦收不能回家，很心疼。

好收成！

三儿　国兴
1994年6月1日于郑

马国兴三儿：

你 6 月 1 日的来信今收到，拆阅，内情尽知。

因本周一直在家收麦种秋，收到信后已晚了一周。当看到你的信后，为你的考试成绩而高兴，表示祝贺！不管功课多少，已通过的七门，这都是你努力学习、刻苦攻读的结果，不能说你在这方面没有努力。还是老话一句："书山有路勤为径，学海无涯苦作舟。"今年三夏，家里丰收了，共打了一百多袋小麦。你的学业也丰收了，顺利通过考试，拿到合格证。让我们共享这丰收的喜悦吧！

国兴，你妈妈对你写信没有问候她，表示有点意见。再寄家信时，要注意带一笔。要理解你妈的心啊。天下父母，最疼爱儿女，其实并不对你们有过高祈求。正如你所言：考试好，完成学业，才是对老人们的安慰。

提到你的婚姻之事，并不是老人不关心，而是你所言的正是：没工作，没经济基础，这些都是纸上谈兵，不顶用。你爷为此事更是操心，甚至夜不成眠，听说留村有一姑娘美丽漂亮，催你妈很紧，通过我们做工作，此事方得以制止。

此信暂言到这儿，以后再谈。

父签

1994 年 6 月 10 日于医院

【旁白】

上过大学的人都知道，生活费是求学支出的大头，远超学费与住宿费之和。

当年磨头卫生院改革收入分配制度，父亲的工资涨了一大截，所以我才能后顾无忧地来郑读书。

大一的暑假有三个月。在家的时间多了，我便深入地体会到生活的艰辛。

那时我常随二哥马国胜去卖菜。主要是黄瓜，由于赶在下菜旺季，价贱，5分钱一斤。不卖又不成，夏天的黄瓜，"一天一水，赛似牛腿"，吃不消的。

卖菜间隙，二哥对我说："你要好好读书。妈以前总训咱们，不好好学习，将来就等着跟拖拉机拾大粪吧。现在犁地拉车都用不着牲口了，你这个拾大粪的跟着拖拉机，它又不会拉大粪，你还有出路吗？"

二哥又说："再开学，你要交学费等费用1500元，如果要卖5分钱一斤的黄瓜，需要三万斤！"

那么多黄瓜，压得我喘不过气来……

卖菜的经历，也让我对自己之前的创作产生了疑问。

二哥曾在新疆马兰服役三年半。那时，我特别喜欢和他一起干活儿，爱听他讲外面的事情和生活的道理。别的不说，"蒸馍蘸尿，各有所好""杀鸡杀屁股，一人一杀法"之类的俏皮话，就让我感到新奇。我专门买来一个笔记本，记录他口中稍纵即逝的话语。

卖菜时，二哥也是妙语不断。"价钱说好，秤上给够"给我的震动就挺大，这话从他嘴里说出来，朴实又形象，相比之下，"诚信"就太文气、太概念化了。

卖到最后，我为顾客挑剩下的蔬菜发愁，他却说："拣到了（音'liǎo'，意'完'）卖到了，百货对百客，不用急。"后来，还真有人看上那些剩下的菜呢。

我大开眼界，对二哥肃然起敬，不由得想到几年前他回信中的话："弟你热爱文学，可大门总也不为你开启，也许你写得还不够好，不过只要有信心，胜利会归你的。你久投而不中，每次的失败都要找出自身的不足，这样才能有所长进。要有真情实感，而不是空想虚构。另外，生活中的很多事情，常常是苦想苦找的题材，要不也不会说哪个文章不贴近生活了！"

想想平时闭门造车的习作，我羞愧不已。

国兴：

来信收阅，内情尽知，为你顺利达郑并进入学习高兴。

今如数汇去人民币300元，以供你用。要节约花钱，爸爸为了培养你这个大学生，已一年有余没有正儿八经休过一个星期天，为的是多挣钱。

老舅来信对你提出一些指导，是完全必要的，因为当年我在昆明时，曾得到不少教导，受益匪浅。

当你学完之后，要积极去工作，但工作对人们来说就是斗争，这方面我今天不想多说，以后再谈吧。

收到款要来信说明，以去悬念。

父签
1994年9月22日于医院

父亲如晤：

今天我收到汇款300元整，勿忧。

前不久，又收到老舅的来信，说剧本已通过审批，他已于8月27日乘飞机到郑，如今在三门峡水利部疗养院修改本子——两个月后，郑州再见！

我期待着和老舅的相见，同时投入到学习的最后冲刺中去了。

由于空气干燥和高温持续，许多流行病又猖狂起来。近期从南方传来"二号病"，望家人注意饮食卫生，切切。我会照顾好自己的。

就到这儿。

愿家人健康、幸福！

三儿　国兴
1994年9月28日于郑

三儿国兴：

当你收到此信时，可能你紧张的考试已完结了吧。预祝你考出好成绩。知子莫若父，相信你会奋发进取的。

你 9 月 28 日的来信，至今整一个月，这一个月，对你的学习定是吃力的、艰苦的，因为你想笑到最后呀！

来信提到你老舅，他在我们全家，从你爷到你爸，以至现在的你，一直是崇拜的偶像。他很能干，尤其是笔杆子更厉害，曾是他们军里的政治部主任，在上海出过书《有了毛泽东思想就无往而不胜》，这可能是 1971 或 1972 年的事。你的二哥当兵在新疆，我曾给他寄过一本书，叫《南国草》，其中《用我们的血肉筑起新的长城》，写的是对越自卫反击战的英雄事迹，主笔就是你的老舅。

苏秀珍的妈想和你妈去郑瞧看你们，当然也想到省城玩一玩。只是觉得你们是学生，没挣钱，加上本月是你们考试最紧张的，我劝她们暂时没有成行。

秋收麦播已结束，今年的黄豆丰收了，小麦已出土，长势良好。爸爸本月工资将过 1 000 元。家里老幼人等均告平安、健康、幸福，希勿悬念。

父字
1994 年 10 月 28 日

爸爸如面见：

考试后就收到您的来信，捎来了家人的祝愿，我深深地为之感动。

前天和昨天（即10月29日、30日），我参加了人生的第三次自学考试。具体结果还要等一个月，但我心里已有了底儿——顺利达标。的确不容易。想当初暑假后来学校时，竟面临1993级文秘班解散的危险，为争取办这个班，前后半月未翻一页书。现在可以松口气了。

考试后是放三天假的，但由于学校有事，我就不回去了。学校成立了学生会，我被赋予秘书长的责任，眼下又面临十年校庆，可能会忙一些。10月6日，《郑州晚报》头版头条的《亮丽人生》，报道了胡大白校长，很感人。同学们都在议论如何做人，我已在心中立起了校长的精神——开拓、拼搏、实干、奉献。

11月，我期待和老舅相见。

看到妈妈的心愿暂时受挫，我很愧疚，并为自己肩上增加了责任。

……

【旁白】

此信应为1994年10月31日所写，其后内容缺失。

父亲写于 1994 年 9 月 22 日的那封信之前，缺失一封我寄给他的信，应为 1994 年 9 月某日所作。

从父亲的那封信判断，我在信中应摘录了 1994 年 7 月 6 日老舅来信的段落，为作参考，转引于此："我不管你考了多少分，也不管你发不发稿，更不管你成不成熟，我只劝你，你要认识你现在的身份是干啥的。你是学生，是一个从农村步入大城市的学生，是家庭承担费用的大学生。你的唯一的任务，就是在有限的时间里，学到更多的学问，当你离开时，问心无愧。现在想得太多了，就会影响你的学习。现在想的，跟你踏入社会后，会不一致的。打好基础，就可平地起高楼。"

老舅给我的第一封信，写于 1993 年 7 月 20 日，其中写道："要写你最熟悉的东西，从写小文到写大文，不要贪大。抓住三点：多读、多听、多写，时间长了，就自如了。急无用，搞文字工作，不是出力气，要耐心去实现自己的愿望。不过这条路，不是平坦大道。共勉。"

老舅给我的第二封信，写于 1993 年 10 月 28 日，其中写道："抓住这两年时间，真正能学到点东西。把自己锻炼成真正的而不是徒有虚名的有用之才，是要靠自己的言行。用自己的言行，去写现在和未来的属于个人的历史，没有坚强的毅力和高尚的品德是不行的。这既是家乡父老对你的期望，也是你生活道路的自我价值。望你能苦心钻研，不要虚度时光。"

当年父亲在昆明军区解放军五十九医院进修期间，老舅都对他说了什么，后来他已记不清了。在他的一本笔记里，我找到了一段老舅的话："我要不给你们村办一件好事，就是对你们的犯罪。要记住：抓紧以后一个月的学习，好好打下理论基础，不要拿贫下中农当试验品。"

国兴：

相信你一定会考好的。

我们父子虽远隔大河，第六感觉告诉我：你在发奋努力，一定要考出较好的成绩，为在郑州读书画上完满句号。以后，当你取得成就时，来回顾这一段时间，一定会感到"不亦说乎"，这就是你们校长的"八字方针"——开拓、拼搏、实干、奉献。

十年校庆，是你们高校的大喜事，学生会的秘书长理当更忙些，要为这难得的十年校庆忙碌工作而欣慰。这也是你学习校长、接触校长，让校长了解你、认识你的好机会。要记住：你是国家栋梁，要有人把你当作栋梁用之，才能最大地发挥你自己。如若没被人发现，或发现太晚，这将耽误人生年华。

因此，学校有事，忙忙碌碌，上上下下，帮校领导干一些具体的事情，这对你既是工作锻炼，也是推销自己的机会。要把握时机，吃苦在前，享受在后。

向你们校领导转达我做家长的祝贺，祝黄河科技大学越办越兴旺、发达、繁荣、昌盛!

你妈妈的心愿一定会实现的,只是时间的事。要知道你爷爷也有此心愿,希望都寄托在你身上。不过,现在不成行。

只要学好,钱款保证,不会因没钱,让你肄业。只要有机会,出国留学资金不缺!随此信同时寄去人民币200元,以资生活。

父字
1994年11月10日

爸爸冬暖:

14日收到信及汇款200元,勿忧。

校庆已于10日在新校址召开,因为请了《郑州晚报》主编,次日报纸头版头条报道了此事。也请了诸多社会名流。

我曾给老舅去了信。估计这两天他就要返郑(已经两个月了),我不便再去信,只好等着。

别不多谈。

冬天来了,望爷爷、爸爸、妈妈保重身体!我会照顾好自己的。

顺!

三儿　国兴
1994年11月15日于郑

爸爸：

  10月末自考结果已公布，我又一次如愿达标。这样，文秘专业必考的十三门课程，现在只剩下明年4月要考的两门了。我还没有到最后，所以也不敢轻笑，继续努力吧！

  再有一个月就要放寒假了。爸可寄来150元，以度甲戌这最后的日子。从12月1日起，郑州市区禁止燃放烟花爆竹，于是前几天"噼噼啪啪"响个不停，仿佛真的到了年底。

  学校和一些同学现在已捺不住性子，开始寻找工作了。学校是和人才交流中心联系的，一批一批地推出毕业生。已经有人面试了，如果被选中，将失去继续就学的机会而去上班，学校会把档案备齐随之而走的。我不准备在考试前应聘，到明年5月8日再"交流"吧。工作问题不大，就是自己满意与否了。

  写到这儿。

  向爷爷、妈妈问福！

  祝

一切顺达！

三儿　国兴

1994年12月6日于郑

爸爸：

见信如见儿。

首先，应该代表老舅向爷爷及家人问好！

12月13日下午在学校见到您之前，我正式去拜会了老舅。听他一席话，在做人方面的确受益匪浅。

经过老舅的点拨，我以旁观者的身份审视自身及我们家，便得出了非同一般的结论。"青出于蓝而胜于蓝，一代更比一代强"，这是您早在我十六岁时就寄予的希望，但我一直并未深刻领会并实践它。老舅稍稍纵向分析，我更深味了：为什么当初爷爷那么支持您南下昆明、远离家乡进修？那是因为他有了"国家没咱衣饭"的辛酸，而他又不愿您仅仅止于"赤脚"。

我又忽然明白了两年多以来，你们那么"怕"我"招养老""倒插门"，又引出"小子无能，改名换姓"的俗语劝我的原因了。原来你们的心思并不在于什么"改名换姓"，而是在于"小子无能"——怕我分心退步，停止上进的。假如我不"倒插门"，现在回去娶妻生子，仍然不是你们所愿。就是这样的：让儿子超过你们——这是父老的心愿。我知道了这一点，自然不会追寻那卿卿我我，但友谊，则又是一回事了。

"现在'半瓶醋'太多了！"据我现在的水平，自当在其之列。但我知道自己是"半瓶醋"，则又是其中的明智者，许多人还"半瓶晃荡"呢。我已决定，明年毕业拿到大专文凭后，边工作边自修本科课程。自然难了点儿，但那多有意义呀。

前天在省体育馆举办了省人才交流会，我去了，都是些省内各县市的乡镇企业。我还是觉得毕业前不去"交流",学得扎实点儿,更好。

我慢慢地长大。

写到这儿。我们元月9日放假。

　　祝

救死扶伤,不亦乐乎!

三儿　国兴
1994年12月27日夜于郑

【旁白】

那两年,老舅与他人合作,创作了十四集电视剧剧本《破釜沉舟转战中原》。为修改剧本,他数次由滇米豫。

1994年7月6日,老舅在信中写道:"郑州我是要去的。河南的朋友已经催我多次,我都讲了具体理由,一直在推迟。在剧本没经中央重大革命历史题材领导小组审查批准之前,我是不去的。为啥?一是开支,每天百十元,就是公家承担,我也不愿,上次一去一回九个月,开支太大,我心不忍;二是批不准,有何改头呢?若批准,一气改完了之。改来改去,事不成,怎么向家乡父老交代呢?这不能不是我考虑的问题。"

1994年12月13日，在豫组宾馆，老舅与我会面。

那天，老舅说了很多，我印象最为深刻的，乃是他将我拉出来，让我清醒地认识到我家这三代近乎悲剧的命运挣扎。他也让我意识到，作为凡夫俗子的爷爷马作生身上，有着伟大而幸福的一面，我需要试着去理解，而不单是痛心爷爷生命中的无奈选择。

小时候，我对爷爷是又崇敬又惋惜。

崇敬是因为我在家藏的一本书里，居然看到了爷爷的名字。说起来，那本"书"不过是一个内部资料，叫《博爱地名考》，提及1950年代，时任村里会计的他，提议将村名由"季村"改为"际村"——原村名因居民全姓季而来，但当时季姓人家已先后迁出，名不副实。我那时对字纸无限敬畏，而名字进入书里的人，在我看来，近乎神。

至于惋惜，常常出现于爷爷历数往事后。他年轻时主动放弃了许多上进的机会，原因是我父亲年幼体弱，"提起来一条，放下去一堆"，他舍不得。而经由他推荐代替自己的人，后来都官居要职，名耀一方。每念及此，他总是轻声叹息，说："国家没咱衣饭啊。"

在老舅点拨之后，又经历了一些风雨，我对命运与际遇有了更深的认识，再也不会浅薄看待人生，无论是自己的还是别人的。那句话是爷爷后半生的手杖，我不会去夺走扔掉。

1995

　　关于工作事,我的看法是:以能够发挥你的专业特长,更好地为人类服务为宗旨。当然,也要想到工资、福利和待遇,去经济效益好的单位,自然会过得更潇洒。大学生都是知识分子,特点是:有思想抱负,志向远大,但又不切实际,好高骛远,甚至目空一切。我劝你要实在一点。大学毕业,也只是劳动分子。一言以蔽之,找点事干便行。

爸爸：

儿于今日如期收到汇款 200 元，勿忧。

某个星期天，早早便向二七广场而去，想看看灾后的"天然"。元月 20 日晨，天然商厦失火，直接经济损失 3 亿元人民币（而其年利润仅 4 亿）。说实话，当初去的初衷，有点幸灾乐祸，然而——

塑料布一条压着一条，蒙不住满目疮痍的"天然"：烟熏的灰黑，烧炸的玻璃，空荡的空荡……忽然想到，这多像一个人，事业正如日中天时，忽遭劫难。

心里挺压抑的。仿佛是自己被抢、被"炒"了一样。这一生要经受太多的挫折和磨难，这一生需要太多的自信和东山再起的勇气！楼上已有几个工人在修复了……

请爸爸放心吧，儿定会面对并解决人生的每一个问题和矛盾，把自己修炼成为一个有用的人才。

向爷爷、妈妈及家人道安。

致

尽心尽力，尽善尽美！

三儿　国兴
1995 年 3 月 10 日

爸爸：

前天，也就是3月19日，黄科大在新院部和郑州市人才市场举行了一次供需双方见面会，1995届毕业生均参加了这次双向选择交流大会。

我见了秀珍、二玉及其他老乡，前途并不太美妙，每个人都有几个单位可供选择，但用人单位却有几十个、几百个学生可供选择。

我联系了几个单位，都是报社、杂志社。《东方艺术》杂志社的面试安排在本周五，《中国经济时报》河南记者站的面试在星期天，《中国化工市场》杂志社驻郑站要到我们考试完、毕业后才面试。竞争都挺激烈的。那天，当我挤到《中国化工市场》的摊位前时，那站长为难地摊手："已经报了三十多个人了……"我不知哪来的口气："我有漫画的天才！"又取出自己的习作让他看。他说："哦?! 那——招个美编吧！"这个且不说它。《中国经济时报》的河南记者站站长是一个同学的老乡，如果没有意外、自己发挥超常的话，我有可能入围。要一男一女两人，而如今是五男五女十人，一比五。志在必得！

当然，如今我得抓主要矛盾，现在离考试只有三十天了，无论如何，毕业文凭毕竟是"敲门砖"呀。面试的结果下次再谈。我会准备好的。

复印材料、领带、衬衣……毕业前的钱非花不可。现在的钱估计到4月初就完，爸可在4月5日汇款200元给儿。

写到这儿。向爷爷、爸爸、妈妈问安！

三儿　国兴
1995年3月21日于郑

国兴三儿：

你的回信3月14日上班时收到了。获悉你如期收到汇款。为了让你安心学习，不致弹尽粮绝，因此，提前在2日把钱邮去，以策应你在学校的生活安排。只是忙，没有马上回信于你。

你的来信，谈到了一些对事物、人生、前途的认识，爸爸同意你的看法，只是需要加强口才锻炼、人际交流。所谓老练、诚实，更主要地体现在为人处世中。人生几十年，要想在社会上得到人们的承认，是需要有点真才实学的，是需要真正做出点事迹来的，哪怕是只有一项精，就能天下行。俗话讲得好，"一招鲜，吃遍天"嘛。

一年之计在于春。农活正忙于春耕备播。医院里，春天也在签订目标责任制。我被评为1994年县卫生系统先进个人，授荣誉证书。

你在家里时盖的十八平方米厨房已竣工，卫生间的洗澡设备俱全，总投资3 000多元。院落全部水泥硬化，用了三吨水泥。你爷爷养的两头小猪欢蹦乱跳。你的侄儿登高、晓宇、向前活泼健康。老少人等，安康祥泰，望勿悬念。

有空就来信，多交流。等程控电话安装好时，给你号码。

父字

1995年3月25日于医院

爸爸：

"谈恋爱了吗？"

"没有。"

"家里也没给找一个？"

"现在找——不好。"

"对，好男儿志在四方么！"

爸爸，3月26日（星期天）上午，我去《中国经济时报》河南记者站面试，上面的交谈即其中一叶。今天收到了您的信，您说得对，我的口才和交际能力亟待提高。

这儿只招两人，我自信能够入选，就如同我经过三百余人初选十人的结果一样。此报由国务院发展研究中心主办，刚创刊不久，有发展前途。当了这报纸的记者，任务有三：一年拉8万元广告（20%提成），一年销一千份报纸，一年采写发表十五篇稿件；聘任制，工资上不封顶、下不保底，试用期三个月。

说心里话，这记者的工作与我设想中的有一定距离，可是想想，若生活都按自己的想法展开，那不也太没意思了么！更何况，又怎么去发展自己的潜能呢？市场经济的今天，纯粹的新闻采编已不可能。（可能的话，不去拉广告——钱从何来？）总之，若有确定消息，儿会立即报与家人的。假如定音，考试过后，我还会回家一次，联络起我的新闻线索网。

另外，我还去了《东方艺术》杂志社面试，感觉良好，发挥正常。

从爸爸的信中看出，您没有收到我3月21日写的那封信。其实也没什么内容，只是让再寄200元给儿的。

得知家里均好，儿心稍安。

向爷爷、爸爸、妈妈致好！

问全家人兴事顺！

三儿　国兴
1995年3月28日于郑

国兴：

3月21日的来信收到。如数汇款200元，以资学习用。

关于工作事，我的看法是：以能够发挥你的专业特长，更好地为人类服务为宗旨。当然，也要想到工资、福利和待遇，去经济效益好的单位，自然会过得更潇洒。大学生都是知识分子，特点是：有思想抱负，志向远大，但又不切实际，好高骛远，甚至目空一切。我劝你要实在一点。大学毕业，也只是劳动分子。一言以蔽之，找点事干便行。

但愿你在人生旅途中顺畅、辉煌！

马耀武签字
1995 年 3 月 29 日

爸爸如晤：

3 月 29 日的汇款 200 元，儿如数收到，勿忧。

爸爸信中所言极是，实干才是年轻人的最好选择。记得高中时，自己一心想当作家，于是自欺自慰，大学实在是无所谓的，于是狂热地向往军营，向往轰轰烈烈的生活。曾在一首所谓的"诗"中写道："身体和肩膀高于母亲/心却要和母亲的心持平。"并不曾想过，母亲的心（让我考上大学）和我的心（当作家）并不矛盾；也不曾想过，没有一点社会阅历的我，仅凭十余年的"积蓄"，又能挥洒几瓶墨水？

俱往矣。就是现在，我的心仍时不时处于风雨飘摇中。同学一说，艺术类报刊的记者不挣钱，我便晃来晃去。谢谢爸爸，不时给我以提醒。但丁有言："走自己的路，让别人去说吧！"而我身为正在寻找出路的年轻人，却要说："走自己的路，也要别人来给予指导，也要自己时时思考。"不能对自己不负责任。

到这儿吧。

祝爷爷、爸爸、妈妈身体健康！

三儿　国兴
1995 年 4 月 3 日于郑

爸爸如晤：

现在是 4 月 23 日的夜晚，我坐在班里给爸爸写信。

今天是儿参加考试的日子，也是我来黄科大第四次也是最后一次参加自考，感觉很不错，真的。顺利毕业指日可待，然而正如我在"毕业纪念册"上所写："毕业了，然而社会生活这所大学的学业才刚刚开始……"

本来打算考试后就回去一次，但想把一些杂事先处理一下，加上 26 日又要开选修课，便往后推迟了归期。有几个同学想去看一下中原农村的风貌，便约好在五一前后去咱家——估计在 28 日以后了。

我们在毕业前的一个多月里，要再学几门课程。我打算继续在校学习，并同时联系单位找工作。

收到了老同学王志全的信，他说是从爸爸那儿得知我的情况的。我很高兴。

好了，不多说，见面再谈。

向爷爷、爸爸、妈妈致礼！

三儿　国兴
1995 年 4 月 23 日于郑

三儿国兴：

4月23日你写的信今收到了，拆阅内情已知。欢迎你的同学来咱家做客，将以美酒、丰盛的菜饭招待。

学习成就时，即社会工作时。你的打算全家支持，只是要认真对待工作。工作就是斗争，就是奋进，就是考验，要以这种精神投身其中。社会这所大学对你及你的同学是完成从学校到社会的一次伟大转折。当然，能读研究生、博士生未必不是出路，我想，我们还是到社会上去奋斗，尽早下海。你说呢？

提醒你：工作基本对口即要付之行动和实施。不要过多地挑选和犹豫不决。当断不断，一切完蛋。

父签

1995年4月26日下午下班前于医院办公室

【旁白】

那两年在黄科大，说是自学，其实还有老师授课。

那些老师，都是黄科大从省会其他高校聘请来的。根据每人讲课的效果，校方付以高低不同的讲课费。效果以学生的考试成绩来评价，也以学生的实际感受为依据。那时，在我们的提议下，就曾更换了不止一位老师。

反过来说，受欢迎的老师，讲课费高之外，也会受聘讲授不止一门课程。比如李国英老师，就先后给我们教授了"写作""秘书学"两门课程。

李老师的板书，在十余位老师中，是一流的。她的字柔中带刚，很有力度，被我暗地不时临摹。我曾请她开列书单，以便攻读有的放矢，另一方面，也为保存她的墨宝，时时研学，因为板书毕竟寿命极短。她是继高中语文老师苑成彩之后，又一位对我的字体定型影响较大的人。

为扩大学生视野，增强就业能力，黄科大另聘老师，开授相应的课程。当年，除了那十三门课，我们还上了"公关礼仪""市场营销"等选修课。

常晋波老师和廖楠老师是夫妇，都在郑州大学教书，也都在黄科大任课，分别教授"公关礼仪""大众传播学"。

在某节课上，常老师引一上联，"月照纱窗个个孔明诸葛亮"，说是有许多人应对都无功而返，曾有报纸悬重金征下联云云。

此后某日，闲翻旧书，见上面有几人应对之作，似也对仗。由于当时常老师已无课，我遂抄录，并成一信，托廖老师代转。

不想，常老师竟有回信，也由廖老师捎来。他认为那些应对之作平庸做作，并无可取之处。信末，他写道："处处留心得学问。但深究学问，一定要严谨，严谨也者，须字斟句酌，须认真待之。博学之余，须深思。学而不思则罔。望你我共勉！"

爸爸如晤：

我在写这封信时，家人在读这封信时，我已坐在省捷达公司出版部的办公室里了。5月10日开始，直到本月27日，是我们接受培训的时期，人员最终尚未确定。

出版书籍是有风险的事，但有发展前途且又招人喜欢，我便投入其中。李红光经理先预支了100元，让买辆车骑，我便选了翻新过的"飞鸽"当坐骑——88元，还不错。由于我有言在先，文字表达能力要比语言表达能力强，便取得了办公室的钥匙……

但我绝不会满足于接电话之类的闲事。李经理很有想法，把培训生分为五组，每组承担郑州市区一部分街道调研任务，名义上说是毕业生为写毕业论文而调查分析总结报告的。这样一来，我们就对郑州的基本情况有了认识，并且学习了书本上难学到的社会知识。对他来说，这么多第一手的信息材料，足以编撰一本书，足以丰富自己的决策备选方案了。所以我还有和各企事业单位的领导接触的任务和机会，这对我的语言表达、交际诸能力的锻炼极有益处。

学校已没多少事，但信暂还寄学校。这次请爸爸寄300元给儿到学校，以度这转变期。写到这儿。

问爷爷、爸爸、妈妈及其他家人安好！

三儿　国兴
1995年5月14日于郑

国兴：

昨天上班时收到你的来信。

今天如数汇款300元。

昨天早上你的同学秀珍回来，托她给你捎去人民币50元，可买件衬衣汗褂等。在城市工作，要注意服饰打扮，要仪表堂堂。这也叫自我装修吧！

要注意：对同志要尊重，对领导要听从，为人处事要和为贵。言必行，行必果，要以诚待人接物。

愿你工作顺利。

收到款后回信。

父签
1995年5月19日

爸爸如晤：

儿先后收到爸写的两封信（带邮戳的和不带邮戳的）和350元钱（通过邮局的和没通过邮局的），请勿忧。爸来信指出的50

元专款，儿一定专用，不再挪作买书了。

得知电话后，我迅即在周一的昨天上午打了长途，但不知何故，一直是忙音，通了又没人接。正好爸爸信来，不如笔谈——电话么，等以后再打吧！

现在这个捷达广告公司出版部是刚成立，属于白手起家。在我们没加入之前，就只有李经理一人，租了格林兰公寓楼的房子做基地。我和另一位女孩周一到周五轮流值班，爸爸如有事可联系（办公室电话不能打长途，倒可接长途）。这几天估计我们就要搬家，6月1日正式上班。同事都是同学，倒无须熟悉环境的过程，和李经理也颇谈得来。我会一如既往地以诚待人、灵巧、努力地学习和工作，请爸爸及家人放心。

在培训期间，除了在办公室之外，和其他同学一样，我也走出自己接触社会。奥克啤酒厂、金砚台画廊、市杂技团、省假肢厂、越秀酒家、中原装潢总公司……见了不同的领导人物，自然收获也不同。最强烈的感受是：以前在书上、别人口中得来的领导形象，在生活中的领导者身上如何找不到了（也许我接触过窄）。"一切理论都是灰色的，唯生命之树长青！"我要细细品味这难得的生活经验。

在城市里，灯红酒绿自然可以迷惑人，但同时也可以有更多的机会，让人接触更广泛的人生百态。我会努力的。

写到这儿。向爷爷、爸爸、妈妈及其他家人问好！尤其妈妈，5月第二个周日（今年是14日）是母亲节，我又想起三年前的那个鸡蛋了……

祝

平和平淡不平庸!

三儿 国兴
1995年5月23日于郑

【旁白】

1995年5月18日,父亲托同乡苏秀珍捎来50元钱,以及写在处方上的短笺:"马国兴:今托秀珍捎去人民币50元(零花钱)。我的电话号码:8065220(磨头卫生院)。有事可打电话联系,上午八点至十二点,我在医院最多。"

此前,1995年4月26日,洛阳人李红光走进了我们的生活。

当年他正值而立之岁,积累了一定的资金与经验,便到郑州寻求进一步发展。他来郑创业之初,并没有成立独立的公司,而是挂靠河南省捷达广告公司与郑州市工商经纪事务所。

他当时的计划是,以《北京生活地图册》的编排方式为模板,添加不同的行业地图,采编《郑州信息地图集》。他甚至远赴西安,确定由西安地图出版社出版此书。我们的任务,就是约请各类企事业单位出资,在相关行业地图上认购名称位置,或做广告。

刚出校门的大学生，对社会一无所知，拉不下脸，又不知所措。李经理当然意识到了这一点，如信中所言，他让我们先以黄科大公关文秘专业毕业生的身份，为写毕业论文，到各个单位调查公关、广告、宣传方面的情况。

"醉翁之意不在酒。"我们当时收集的材料一文不值，不过，此举倒是增长了社会知识，锻炼了交际能力，为正式进入社会热了身。

然而，我们不可能一直停留在热身阶段，等到走上赛场，就感受到了现实的无情。此前，作为学生，与各单位并无利益关系，领导们好为人师地发表见解，大学生以小学生的姿态汲取人生经验，双方相交其欢。可是，当你变换了角色，要对方出钱时，情况就不一样了。

国兴儿：

见了你5月23日的来信，又高兴，又担心。

高兴的是给你寄的钱收到，并且你6月1日就将正式上班，去工作了。什么叫工作？工作就是斗争，要奋斗就要付出代价，就会有经济收入。当今社会没钱不好过，在省城更是如此。

担心的是，你来信中谈及的一个经理、两个秘书、一间办公室，又是白手起家，那么，工作的劳动报酬（工资、奖金、福利）怎么解决？城市生活，没钱怎么办？钱挣少了，恐还不好过吧？你们这一代大学生，赶上改革开放，对你们是喜是忧，我们拭目以待。

喜看麦田黄金浪，今年又是丰收年。虽然大旱两百天，不过我们这里旱涝保丰收。三夏即将开始了，家里的活也不用你干，希勿悬念，只是搞好你的工作好了。家里也是帮不了你的忙的。

驻笔于此。

父签

1995 年 5 月 30 日于医院

爸爸如晤：

信早已收到，拖到今天才回复。请不要再给"黄科大的马国兴"去信，再联系请寄：郑州格林兰大酒店公寓三楼省捷达公司出版部。随信附名片一张，上面的单位且不管它，那是另一个牌子。

英雄是不是非要在刀光剑影、惊心动魄中才能产生？

7 月 19 日，在我二十一周岁生日时，我将拿到自学考试大专文凭。这是个很吉利的日子，两年前的那天，我和另一位老友商量一番，便悄悄地选择了黄科大、选择了自学考试……文秘专业的十三门课程，就这样被我吃进口中踏在脚下！就这个意义上说，我也是一个英雄。

然而，我的学生时代被自己轻轻一跨，便立在身后了。事实上，一方面我是一个英雄，另一方面我也只是过去年岁里的英雄。"革命尚未成功，同志仍须努力"——努力终生。

请爸爸及家人不必为我担心，我相信我自己及目前这个单位。创业伊始，一切都苦点，没事儿。

写到这儿。向爷爷、爸爸、妈妈及其他家人问好，辛苦了。

致

礼！

三儿 国兴

1995 年 6 月 8 日于郑

爸爸及家人夏忙：

同事把钱借走了，还没到发工资的时候，于是我们相望两为难。那就请爸爸再寄 200 元给儿吧，地址仍写：郑州市汝河西路黄科大 1993 级文秘班（我给班主任说好了）。

吃苦！也许这种人生的味道，感觉对于每个人都是一样的，但由于各人处于的位置和扮演的角色不同，吃苦的形式和内涵也表现各异。

"这日子真不是人过的！"同学同事倒在床上，叹道。我说："不对！应该说'不是学生过的'。做学生只是更多地面对课本，认真理解几遍也就通了，而现在却要和各种各样的人打交道，并且要让人家掏腰包做广告赞助你，岂是易事？"

这还只是前期的业务，我们慢慢来吧。请家人放心。

今年的收成不知怎么样？前一段是干旱，这几天又紧要关头阴而又雨！

向爷爷、爸爸、妈妈及家人道辛苦了。

          永不辜负你们的三儿　国兴
          1995年6月16日于郑

三儿国兴：

来信收阅。如数寄去200元。

要节约花销，因为还没有挣到钱。就是能大把大把地挣钱，也要注意节俭。勤俭是我们的传统美德。要把钱用在最需要的地方，换句话说，用较少的钱办较大的事。不反对你借钱给别人，但要量力而行。不要"相望两为难"！

农忙三夏，基本结束。今年夏收又是丰收季，家里打了一万多斤小麦。大秋也出土苗旺，今秋丰收在望。家里事事顺利，希你不要挂念。

人生观、苦乐观、审美观，是社会存在的客观事物在人们意识形态领域里的反映。人的一生，呱呱坠地，先哭后笑，说明来到这个世界上，并不是一帆风顺的。要有吃苦耐劳的精神，要有上天揽月、下海捉鳖的勇气，要干事业，要有敬业精神。

我相信你——三儿国兴。

驻笔。

父签
1995 年 6 月 20 日

爸爸：

信及 200 元汇款今日收到，勿忧。儿一定勤俭生活。

得知农业丰收，儿心稍安。想着不同职业者的收获各异，想着自己唯有致力于目前的工作才可能有成果，于是不再困惑和迷茫。由学生的角色来衡量现在的要求，自是有些苛刻，于是前一段心理上一直是灰色的，但现在我又不是学生了，角色要求也必将转换。这是很自然的，完成转变也需一个过程。同事们看起来都很平静，可内心却可能都掀起了千层浪。

上次去咱们家的两位同学，四川巴中的李义和我共事，河南商丘的陈勇找了一个电子设备厂做推销工作。我们班的成员均已找到事做，各奔前程。十六名成员中，只有四人顺利毕业，但步入社会，不一定毕业证能开开各把锁的，还需另觅学识这把钥匙。

写到这儿。

那天在电话里忘了问爷爷、妈妈好，在此道平安吧！

三儿　国兴
1995年6月26日于郑

国兴：

　　要知道，在家靠父母，出门靠朋友（或同学、老乡等）。俗话说，"千里朋友，千里威风（方便）"，就是这个道理。你到一个新的地方，要想站住脚，就得"一道篱笆三个桩，一个好汉三个帮"。用现代话说，要有点社会关系。但也要在人际交往过程中注意："害人之心不要有，防人之心不可无！"要老练一些，要留一手，以防不测。

　　年轻人，要敢于吃苦耐劳，面对新的创业的事情，要勇敢地去开创。通过奋斗，会创造出一个崭新的世界。没钱会有钱，没人会有人，可以说要啥有啥。希你能有作为。

　　再来信时，可将你的名片捎几张，对关心问候你的人，可送一些，以便联系用之。

父签
1995年7月2日于医院

爸爸如晤：

　　随信附名片四张，以答告关爱的亲友，感谢他们！

爸爸说得很对，我又想到一位长者的话："没钱能混，没人不能混。"异曲同工。

我现在的工作，就是跑赞助拉广告，使我们策划的《郑州信息地图集》顺利出版并创收。我们几个人每天"扫大街"，到各种各样的单位，见各种各样的人，听各种各样的话，看各种各样的脸，感受各种各样的心情。挺锻炼人的。到国棉一厂，厂办主任忽说："你们年轻人都喜欢这种工作。也好，灵活！"我口头上说："我们这一代年轻人不可能经历上一代人的苦难了，只好这样吃点苦！"心里话："喜欢？那当然，我们没有得到我们喜欢的，我们只好喜欢我们得到的。"喜欢——并干好它！

请相信：经过几个月的磨炼，三儿一定以全新的面目顶天立地！

先写到这儿。

7月19日，我将走过二十一岁，步入二十二岁。向生我养我教我的爸爸、妈妈及爷爷致意！

全家好！

三儿　国兴
1995年7月9日夜于郑

国兴：

今年你二十一岁生日，你的妈妈和大哥伙同苏秀珍的妈妈等赴郑共庆，为你祝贺。二十一年来，你从呱呱坠地，到背上书包上学，通过十几年寒窗苦读，大专毕业，然后步入社会，参加工作。现在只可以说学业已成，要想名就，还须勤奋工作。

  这次你妈你哥从郑回来，对你不注意修饰衣着，感到不妥。脏乱，不注意个人仪表、仪容，是很不好的，首先会给人一种寒酸的感觉。要潇洒大方，仪表堂堂。希你注意个人形象。有钱花吗？

父签
1995年7月26日

爸爸如晤：

  20日那天，不知妈妈和大哥是否顺利到家？想想还真惭愧，为了寻求一条捷径，竟让我们走了弯路。我倒没有什么，只会欣然于"柳暗花明又一村"的探求中，可苦了妈妈和大哥了。

  后来去秀珍那儿，才知道这次妈妈来郑的动机之一，乃是想要看看"扫大街"到底是什么工作——我苦笑。这只是更形象的说法，每天和各单位及领导接触，用嘴用笔用心去"扫"……

  现在我们要出本《郑州信息地图集》，我们采编员的任务就是拉赞助。这个业务比较难搞，如今已进入最困难的"战略相持阶段"。8月，基本工资300元已被取消，效益提成率由5%升为20%。生存竞争。

吃苦，何谓"苦"，是物质上的贫乏吗？吃咸菜、啃方便面的日子够不错了，大鱼大肉水果蔬菜不能常吃，这也正显示了它们的可贵——天天如此，也味道全无了。那么，真正意义上的"苦"，则是精神上的挫折了。

我现在理解了，为什么人们那样怀旧，怀念平均时代。那时虽然穷苦，但大家都如此，精神上也便生同等之感。而现在则不同，竞争更为激烈，生存或不可能，看到别人辉煌，内心不免不平衡，不求上进、安于现状的那个自我，便愤世嫉俗起来。

但回复从前已不可能，且让我坚强地面对每一个难题！

写到这儿。

向爷爷、爸爸、妈妈道安！

三儿 国兴
1995年7月29日于郑

【旁白】

收集古代的钱币自是不易，但收集现在的钱币也不怎么轻松。一段时间之后，大家感叹。

"吃了人家的饭，就得给人家干！"针对有人敷衍了事的现象，同学兼同事李永杰说。

就因为这句话，我对他颇有好感，在随后的自由结合中，选择与他共事。我们这一组先后取得了几笔生意，是同事中最好的。

然而总体来说，这个业务并不顺利。仅有的收入，因为客户直接转入了市工商经纪事务所的账户，最终也没好意思要，当然也没有退款给相关单位。

在此期间，不断有同事离开。正如当年黄科大胡翔主任所言："你们的起点是一样的，你们的终点是不一样的！"

仓促之间，李经理将计划提前实施，创办了郑州万替咨询服务有限公司，这也为公司的夭折埋下了隐患。

爸爸：

8月7日，儿顺利返郑，勿忧。

今天又是假日，我找到新华糖酒公司，见了二玉。这家公司是管城区下辖的商业企业，成立已有多年，近年先后推出"贵州醇""朗臣"系列，在郑州打开市场——而二玉她们，则在这个活动中起到中坚作用。在外边跑，到底是锻炼人的，乡人担心的"不会说、不好说"，渐渐成为多余。她的基本工资是230元，另有提成。二玉说，不久将回家一趟，请爸爸转告她家人。

老舅收到我的信和报纸，回信了，短短的两句，"这算是一张收据吧"，挺幽默的。他要去厦门参加会议，本来要写长信的打算便暂放下了，"待我回来再说"。我平静地期待着。高中时的狂热，乃是把所有的希望都寄予老舅的身上，而当我明白了人必须独自前行时，更渴求"先生们"给予我走路的指导——理智的渴望。

我称老舅"是一个六十六岁的年轻人，一个脱了军装的文艺兵，一个没有名气的大作家"，很适合的。

那次回去见了许多人，得知了许多消息，仿佛又让我回返从前，体味了一遍短短二十余年的人生滋味。和村人相见，十个有五对儿说我"瘦了"（令我暗下决心），但又有老人云，"成人了"（心里特自豪，稍有点悲壮的感觉）。不说那么多了，我无法让别人无能来衬托出我的伟大与成功，但自己却可以通过勤勉来创造人生！

写到这儿。

向爷爷、爸爸、妈妈问安！

祝

家和人兴！

三儿 国兴
1995 年 8 月 12 日夜于郑

【旁白】

1995 年 8 月，由于创办万替公司，需要办理相关证件，我接连回了三次家。

第一次回去,我在县城下车,先去叶田家,却发现她身边有了个陌生的男人。她介绍双方认识以后,大家心照不宣又有点尴尬地聊天。

待我回到郑州,叶田的信也到了。她直言,对方已是她的男友。又说,我只会多一个朋友,而不是别的什么。

随后,翻阅叶田的来信,我才发现她与对方的感情发展轨迹。

1994年11月13日:"前不久,同学结识了一位大三的学兄。他经常跟我们在一起聊天,多半是督促我们这些'小学生'多多用功,多学本领,有时也会谈论些社会啦,政治啦,文学啦,以及一些有关人生或人性的问题……"

1994年11月17日:"也是那位大三的学兄,偷偷送了本《废都》来……对平凹老乡很是赞赏(学兄也是陕西人)……"

1994年12月18日:"我自己不小心遇上点儿麻烦……我的事儿还没完,我什么都不想说,不想说。"

1995年2月27日:"一位同学对我说,他对我有了刻骨铭心的爱情,并且信誓旦旦,愿意追随我到我家乡的小镇,且让我不要怀疑……"

而同期我在干什么?

1994年冬天,我心血来潮,并立即行动,将叶田的来信一笔一画地抄录于硬面笔记本,原件存于家中。此前,对她的来信,我依时序结集,一年一册。

抄信的出发点，温习、练字之外，也为便于以后阅读。我当时绝没有想到，六十多年前，鲁迅也曾将《两地书》手录一遍。有同学见了，称此举是伟大至极的工程，而我是天下第一多情种，若说给叶田，她一定会感动的。

我淡然一笑。因为我做这件事的初衷，并无意让她知道，乃至感动。

多年以后，翻阅张立宪先生的《闪开，让我歌唱八十年代》，我撞见了这句话："如今，爱情没有了，信还留着。对，你还练了一手好字。这就是爱情给你的遗产。"

他这是说谁呢，反正自己脸部发烧。我分明记得，大学同学里没有一个叫"张立宪"的啊。

爸爸：

我们已经"搬家"了，由郑州市的西南郊（中原区）到了东北郊（金水区），在北站、动物园附近。如今的办公室和住的地方在一块儿，成员已精简到五人。格林兰的房子已退掉。

没有别的事了。

问爷爷、爸爸、妈妈平安！

祝

福！

三儿　国兴
1995 年 9 月 2 日夜于郑

爸爸如晤：

今年的八月十五有两个，第一个我没有回家，恐怕下一个也无法如愿。在这二者的间隙，谨向全家致以和美的祝愿！

如今，郑州万替咨询服务有限公司已挂牌成立，地址及业务范围见所附名片。这个徽标是李经理设计制作的，还不错么！那些服务项目是有些超前，普通市民是没有这种消费意识和消费水平的，不过，市场还是有的，且让我们试试！

8 月底的那次回家，让我忽生灵感，连续创作了几篇小文章，后来便投给《中原建设报》。我被告知，《秋夜家园》已在版印刷，样报及稿费即寄。我笑笑。文学创作我是不会放弃的，但，只是业余爱好了。

我已报名，准备参加河南大学汉语言文学专业的本科自学考试，继续修炼自己的人格及素质。计划两三年攻下此学士学位。我相信自己的能力。

写到这儿。

再次向爷爷、爸爸、妈妈道平安快乐！

三儿　国兴
1995 年 9 月 17 日夜于郑

国兴：

最近两次来信均已收到，拆阅内情尽知。

首先通过你向李经理致以问候。祝愿公司兴旺发达、财源茂盛。

今年中秋云遮月，来年正月十五雪打灯。中秋一直天阴小雨，虽然你和你的经理、同事们忙公司的事情，没有回来，但家乡父老及兄弟姐妹并没有忘记在郑州工作的亲人，共同举杯遥祝你们公司繁荣昌盛、全体成员身体健康。

最近农活忙了，三秋开始。金秋正是收获的季节。我们进行了"大协作"，在东界沟村你姐家一天，留村你姑家一天，际东村约三四天。预计要比去年收成好。

家里的事，你尽管放心。你爷爷老当益壮，身体健康。我的工作如常。你妈妈有高血压，通过服药治疗，现已把血压控制在正常水平。你的侄儿们身体健康、活泼可爱。小丹丹已在小庄上学前班，秦超已读一年级了。

你想继续攻读大学本科，这很好，只是这与你的工作会不会矛盾，要征求你的经理意见，最好他能支持你，这样会更顺当些。当然，如若需要，家里还可赞助。

希多通信联系，及时交流思想、工作等。

父签
1995 年 9 月 22 日

国兴：

　　来信收阅，内情已知。

　　你的作品《秋夜家园》发表后，在家庭圈里互相传阅，各有品评。比较一致的看法是：生活中的文章素材太多了，只是要有知识水平的人去发掘、整理，使它变为铅印、发表于世。为此，家乡父老都支持你能多发表一些小文章，俗话叫"豆腐块"——豆腐块小，吃起来很香。包括你的老舅，他也是很喜欢这些能在报刊发表的小文章的。

　　金秋十月，春华秋实。玉米丰收，你已目睹。小麦播种已全面结束了，而且今年的质和量，较往年都好，为明年亩产"双千斤"打好基础。中原是大陆性气候，寒露之后是霜降，气温下降，天已转凉。你妈说，你要注意身体，随天气变化，增减衣服。真是"儿走千里母担忧"！

　　你们公司的事，还是要尽力干好，希能干出点名堂来。一个人要成就点事业，是不容易的，你们黄科大的精神就很好，需发扬光大。当然，良好的祝愿要变为现实，确需一番艰苦努力，成功属于奋勇拼搏的人。

父签
1995 年 10 月 10 日于医院

【旁白】

父亲此信之前,我曾寄给他一份刊登有《秋夜家园》的《中原建设报》,没有附信,只是在信封背面写道:"信收到,勿忧。"信封上盖有寄达局邮戳,时间为1995年9月29日。

《中原建设报》由河南省建设厅主管主办,1995年春创刊,2000年冬停刊。

其时,同学李文江在此报社工作,先后在副刊编发了我的八篇习作,维护了我的写作热情。

万替的经营范围很广,不过,经过一段时间的摸索,渐渐以家政服务为主。

同期,李经理接了个编《工商常识》的活儿,由他列提纲,我与李义、杨威虎摘编,花了一个月时间完成。

1996年6月,作为"农村娃科普系列丛书"的一种,《工商常识》由海燕出版社出版。而那时,万替已经休业,我们各奔东西。它凝结了我们的一段人生,望着书上自己的名字,我感慨万千。

爸爸及家人:

你们好!

首先,向爷爷致以老舅的问候。我已自作主张,代爷爷回祝了老舅，并拟联云："识途老马指人生蹊径，生花妙笔录世情悲欢。"不提。

经过近半年的突围，我们终于在家庭服务这儿找到了光明。现在我们集中在为保姆与顾客搭桥牵线，兼做钟点工服务。我们的保姆来自三门峡、洛阳的农村，是由李经理的家人组织过来的，再经我们统一培训和管理，进入一个个城市家庭。在我们之前，已有许多机构在做这方面的工作，但都因为不能保证双方的安全而举步维艰。

说实话，我们现在的情况并不好，所以人员也由原来的十一人减为三人。但我没有动，因为我看到的，不仅仅是今天百战之艰难。我当然想过要走，许多时候自己都被一些东西诱惑，只不过终被理性战胜罢了。保姆的中介只是个突破，只会成为将来的一个常规业务，而不可能永远以它为主，我们要以它为生存基础，然后再求发展，扩大业务范围。不说这些了。

要有一个经济头脑，很对。我已参加了10月的自考，尽心尽力地参与了，情况一般，具体结果，再说吧。确实，这几个月的经历实在丰富，也让我的心理迅速成熟起来。日子是平淡的，表面上水波不惊，内心却一天天起了变化，为一个人，为一件事，为一句话。成熟的过程，竟是如此美丽。

先前很是羡慕一些名人，认为他们的苦难，对于我是那么遥不可及，竟有一点遗憾。而现在，另外形式的苦难，却已在我的路上候着自己了，既如此，怎能不欣然面对苦难、战斗苦难呢？

生活常苦，苦中常乐，乐中常新！

写到这儿。

祝

重阳节快乐！

三儿　国兴
1995年11月1日夜于郑州

爸爸：

您好。

先后得知二玉、秀珍近期都回过家，心里挺不是滋味儿，因为我咀嚼了太多的苦涩。我并没有什么可担心的，所谓的"失恋"不会钻牛角尖，业务受挫又只有坚韧地挺着。一段时间以来，我已形成了乐观向上的心理，去面对自己的人生。我已懒得再和别人攀比，只是尽力完善自身，但我又敏感于别人拿我和他人比较，我还是不成熟。

我们万替只有四个人了。除了洛阳的头儿和我，还有甘肃的杨威虎和四川的李义。写上封信时，后面两人还在动摇，我内心矛盾地美化了一番局势，告知了家人。没有动摇过的坚定不是真正的坚定，正如没有痛苦过的幸福不是真幸福一样。如今，大家都理解了现实情况，誓言"死也在万替了"—— 这不是偏执与狂妄，而是自尊自强自立的宣言。起因很简单，一位同学要借一条绳子，未得，戏言："连绳子都没有，万替——关门吧！"我忽然又忆起：别人，都在看你们的笑话！

当然，再激情的话，最终都要一点一滴地融进烦琐的小事中去。我们深知这一点，便投身于目前的事务中。

我不知在爸爸的心目中，有什么可以和我心中的生活·读书·新知三联书店相类比。也许是爱屋及乌，也许是对文化的挚爱的缘故，所以我对严肃认真的三联书店很是偏爱。曾有梦想，在家乡开设三联书店的分店，为更多的读者服务。有了这个念头，所以当我看到郑州三联书店招营业员时，自己心动不已就在情理之中了。但我仍有冷静和理智在，认为营业并不能挖掘自身潜能，反而现在这活儿能大大地发挥自身的潜力。且把此梦埋于心间吧。

说到这儿。

我一时不回家了，向爷爷、妈妈问安！

祝爸爸

工作顺心顺手顺利！

三儿　国兴
1995 年 11 月 19 日于郑州

【旁白】

在这封家书里，我对家人第一次提及郑州三联书店。

此前，1994 年 10 月 30 日，因为应考"政治经济学",我穿越整个城市,奔赴郑州九中。从考场出来,无意中看到农业路与文化路交叉口的西北角,居然有一家三联书店,里边尽是心仪已久的好书,当时的感觉无异于哥伦布发现新大陆,又有点他乡遇故知的惊喜。

第一次听说"三联书店",是在李金斗、陈涌泉合说的相声小段《省略语》里,二人一逗一捧,十分热闹,让听者乐而又思:是啊,在招待所服务员的"省略语"安排下,"开刀(开封刀具厂)的""上吊(上海吊车厂)的"都吓跑了,为什么那个小伙子没动呢?原来他是三联书店的,在等着叫"三叔(三书)"呢!一笑之余,就记住了这个名字。

最先接触到的三联版的书,是蔡志忠的漫画。他的《庄子说》《菜根谭》等古籍漫画,让我进入一个博大精深又妙趣横生的世界,流连忘返,如痴如醉。及至看了他的口述自传《漫话蔡志忠——蔡志忠半生传奇》,更为他的人生经历与生活准则所吸引。"如果我只是一株蒲公英小草,我才不理会隔壁那棵大树,我会专心地做我的小草。"认识自我,专心做自己喜欢的事情,多好!爱屋及乌,我不由得对三联书店有了些许感情。

后来,读的书多了,心智渐渐成熟。在这个过程里,三联版的书功不可没。"文化生活译丛"里的《人生五大问题》和《自我论》,当年我读得如醍醐灌顶,深受启发,这种美好的记忆至今难忘。《傅雷家书》让我感动受益，也让自己重新审视并调整与父亲的交往，和他成了人生际遇里的好友。心中满是欢喜与感激：谢谢你，三联书店！

在我之前的概念里，三联书店只是四个印在我的那些书上的汉字，只是一家距离自己过于遥远的出版社，没想到它还可以是一间书店，让人漫步其间。

当日，我与郑州三联书店一见钟情。农业路门市很精致，不过四十余平方米，三面顶天立地的书架上，满满当当全是书。书架间挂着镶着镜框的照片，多是近代中国学人的，诸如弘一法师、冯友兰、马一浮、周作人。在他们的注视下，我的无知一览无余。

在书店转了一圈，我最终选了一本《歌德谈话录》，付款时，特意让店员在书上加盖了销售印戳。当时我只是觉得，从此以后又多了一个买书的好去处，并没有想到，一年半以后，自己会站在这里为读者服务，而那"三个披星戴月的筑路工人"竟也成为自己的写照。

其实，我可以更早地成为郑州三联书店的一员，而不必等到1996年3月28日。信中提及的书店招营业员，是为即将于1996年元旦开业的商业大厦支店储备的。可是，万替家政业务初见成效，身为"股东"之一，我怎能临阵脱逃？

动摇了些时日，我说服了自己，口中默念傅雷在《约翰·克利斯朵夫》的"译者献辞"里的话："真正的光明决不是永没有黑暗的时间，只是永不被黑暗所掩蔽罢了。真正的英雄决不是永没有卑下的情操，只是永不被卑下的情操所屈服罢了。所以在你要战胜外来的敌人之前，先得战胜你内在的敌人；你不必害怕沉沦堕落，只消你能不断地自拔与更新。"

国兴：

先后收到你的两封信，由于忙，没有给你回信。

人的一生，总有曲折和低谷，总有挫折和不足，只要能坚持、多奋斗，总会走出低谷、攀登巅峰。你在人生路上走过的二十多年，学业生涯总算自豪地度过了，当你步入社会，可能会遇到些麻烦和不顺，这不要紧，应该说是情理之中事。不过，在城市生活工作，尤其是要闯出一条光明大道，确实不容易。要记住"天时、地利、人和"这个六字经。知子莫若父，我相信你在奋斗事业时，一定能干出点名堂来。怎样才能让人看得起？你的胡大白校长说过："首先，自己了不起。"以上是对你们公司以及你工作情况的一点不成熟的看法，不知妥否，仅供参阅。

家事都顺。你妈想去你处，给你送去你姐加班加点编织的一件红毛衣，以御霜寒，现在看来，恐难成行。原因是，你二哥申请分到五间楼房地基，预交7 000多元钱（宅基地费1 500元，超高押金500元，丈量放线费40元，咱家有五间拆迁旧房任务，每间押金1 000元，共5 000元）。前几天忙着集资筹款，已经结束。现在旧房拆迁又在进行中。你姑家也在申请盖楼房。看来，钱是有花的去处。家兴人旺，和睦祥顺，希你放心，可勿悬念。请转达我们全家对你们公司领导和同事的问候。

父签

1995 年 11 月 28 日于医院

1996

还没来得及询问你在三联书店天然支店的学习、生活、工作、福利、待遇等,这封信都又要奔三联书店紫荆山支店了。你属虎,虎登山,纯属天然。家乡父老相信你能干好,而且一定干得出色。原来在政七街时,你来信息写上"东关虎屯"字样,我就有点不喜欢,但始终没有流露出不满,为的是放开手脚促你去干。不悦是你属虎,怎么从大学出来就去关虎屯呢?虎为兽中王,但被关起来,在公园里就只能供游人观赏。一只老虎的价值,远非如此!

爸爸如晤：

今天是 1996 年元旦，又是新的一年开始，在这里，三儿向操劳一生的爷爷、妈妈及爸爸您致意，愿家人在 1996 年身体健康、生活充实！

每年这个时候，每家单位、每种报刊、每个人都会总结过去一年的得失收付，再展望来年的前景，而作为喜欢思考的我，更不例外。回顾 1995 年，各种滋味尽在心头。

在学业上，自己于二十一岁生日时取得了大专文秘专业学历，完成了"三步走"的第一步。现在已开始了中文本科的攻读，并在 10 月的首战中小胜一场（"现代文学史"60 分）。其余两门失利是"罪有应得"，"平时不烧香，临时抱佛脚"，岂有不败的道理？

在感情上，一个很重要的事件就是和叶田的分手。破镜重圆仍有痕，我不再去幻想，而是细细品味生活给予我的一切，痛并快乐着。拥有是一种幸福，舍弃却也是完美，也是成熟的表现，我还有自己的天空。这就出现了两种感情生活态度供我选择：是找个女孩来取而代之，还是博爱？

在工作上，说实话，当我初涉社会时，遇到现在的李经理乃是幸事（从另一个角度看也许是不幸？），从捷达出版部到工商经纪事务所采编部又到万替，我便一跟到底，虽然如今维持着最低的生活水平。我当然向往高薪稳位，但又知那是不现实的。我也希望万替兴旺发达，作为创业元老自是受益匪浅，但那更是梦想，只有走好脚下的每一步路。

别的还有什么？也许上述只是我生活冰山浮在海面上的七分之一，但总结，只能大概如此了。看看来年的远景吧！

说万替1996年打个翻身仗，不免缥缈，但自己必会投身其中，去学会处理各种问题，积累人生经验，让自己的能力先翻一番。万替如今只有两个兵，不管别人如何，我是坚持到底了，如此而已。

在感情态度的选择上，我是博爱的，不是说踩几只船的问题，而是看淡交情，于是便拒绝了让双方累的交往。

我知道，如今在学业上的学习仅是业余，即便如此，我也会尽心尽力，在原计划的1998年二十四岁生日时有个交代。其他知识的学习，不一一而述，自勉可矣。

说了这么多，很畅快。一生有幸，还有爸爸您倾听我的诉说，这一点我在《沐浴父爱》一文中写及，如果见报，必先寄送。

对了，我已和老同学联系，要她留零钱以供过年开销，但不知家里需要多少，请爸爸来信告知。

写到这儿。再次祝全家和合美满！

致

丙子年工作顺利！

二儿　国兴
1996年元旦于郑州

国兴：

元旦来信已收阅，内情尽知。

关于谈到你和叶田的事，在我和你妈的心目中，是早已料到的。按你爷的话说，你们没有夫妻情分，不是一家人。如若是夫妻，必然雷打不散，夫唱妇随，和好百年。在爱情与事业上，我觉得你是事业型的人，要在人生旅途中完成个人为之奋斗的目标，决不会被儿女情长所困扰。不过，在你们年轻人身上，能理智地处理这些割不断理还乱的感情羁绊，确也不容易。希望你继续理智战胜感情。一句话，天涯何处无芳草，有时踏破铁鞋无觅处，得来全不费功夫。

再过月半即到春节，不知你是否回来过年。谈到春节所支零钱事，你可根据情况，安排二三百元。如若不能安排，也不强求。事虽不大，不要强人所难。

谈到工作，你也体会到人生征途的苦辣酸甜。当然，你和你的经理在一起，我相信会审时度势的。万替公司是很有希望的公司，将来一定会有作为的。兴旺发达在于人，人是决定性的因素。

家里事业兴旺，人和家顺，老人身体健康，晚辈活泼可爱。你姑的房建、你二哥的工程，都在顺利筹建中，不久将喜迁新居。人们都在为美好的未来奋斗。希你能有出息，事成业伟。

下次再谈。

父签
1996年1月6日

【旁白】

　　收到父亲此信之后，我曾于1996年1月12日，寄给他一份刊登有《沐浴父爱》的《中原建设报》，没有附信，只是在报头上方写道："爸：信已收到。今寄上一份样报，请看四版儿作《沐浴父爱》。"

　　如今回忆那段时光，宛若历史课讲到晚清，令人扼腕叹息。有时候在想，如果父亲在信中不是一味地加油鼓劲，我会不会早一点脱离这种生活状态？

　　对于保姆业务，当年我们是这样操作的：李经理的亲友在本村寻找适龄且愿意出门的女孩，以保证其可靠性；同时，我们在《大河报》《郑州广播电视报》上做广告，征求有需要的客户；万替与客户签订合同，保姆上门服务。

　　也就是说，保姆是以万替员工的身份派遣的，此举解除了客户的后顾之忧。因此，客户与保姆不直接发生经济来往，而是提前按月将她们的工资汇到公司账户。公司扣除20％管理费后，再发放给她们。

　　那些女孩平时不花什么钱，加上家长也怕她们拿了工资乱花，嘱咐请公司代为保管，待年底回家再发，因此，那些钱解了我们的燃眉之急。

　　当时我是"生活部部长"，专门准备了一个本子，记录每天的收支情况。没有伙食费了，便以"生活部"的名义向李经理借支100元。半年里，前后共借款1000余元。

万替后期，我们没有工资，日常开支也很节约。每次到粮油批发市场，我会直奔标价最低的米袋子。只有亲身经历过那段艰难的时光，才能深刻体会早已熟悉的摊主那热情又别样的招呼："学校——还没放假？"那天是农历腊月二十四，我无地自容，匆匆告别。

那个时候，每周末是保姆休息的日子，她们都会回到公司聚会。因为是同乡，又是同龄的女孩，一天叽叽喳喳不停，到了傍晚，各自回到客户家，开始又一周的辛劳。中午那顿饭，自然在公司吃了，我们做成"大锅饭"，大家吃得有滋有味。

几周之后，女孩们开始对比，说客户家用的是天然气，而我们还是煤球炉，等等。原来把她们召集到一块儿，打打牌聊聊天，休息日也就过去了。时间长了，她们便想到外面走走，起初倒是速去速回，后来竟有人长去不归，害得我们好找。

在前后进入万替的十余名女孩中，年岁参差，性格各异，追求不同，又摊上形形色色的客户，便演绎了纷繁的故事。

1996年2月10日，农历腊月二十二，上午九点半，李经理及十一个女孩返乡。望着他们的背影，我在想，万替年后向何处去？

爸爸：

儿已于2月24日顺利到达郑州。我曾在这儿跌倒，又要在这儿奋起！

收到了老舅的回信。信是假期中到的。首先是"向你爷爷及全家拜年，祝你爷爷长寿，全家幸福"，还有一如既往、言简意赅的劝诫："希望你脚踏实地工作。"又附了张相片，是1995年8月7日在宁波与当地作协主席的谈话留影。对于他数次泼凉水的爱护，我心存感激，唯有以上进报答。我也向他及全家表达了祝福，并寄上爷爷的照片以留念。

在和别人的闲聊中，我说了自己新年的三大打算：努力工作，继续自考，发展爱好。我会尽心尽力的。请家人特别是妈妈放心，我不会把烟、酒、牌作为爱好去发展！

不多说了。

  祝
工作顺利、家和人兴！

           三儿 国兴
         1996年3月1日于郑州

国兴：

你3月1日的来信收到了，并在全家传阅。你爷爷和妈妈很高兴，尤其是你能代表爷爷及爸爸向昆明的老舅拜年问候，理所当然欢欣鼓舞。

不知你是否和检修录音机的特约维修单位联系过了。我们的录音机，音质、放音、天线部分等均已有点毛病，磁头也需清洗。你最好业余如星期天，去特约维修站让检修一下，以得心应手，更好使用。

谈到工作，人生路漫漫，上下求索，总不是一帆风顺、平直顺畅的，是会有坎坷和波折的。要有战胜一切困难的勇气和信心，只要通过个人艰难地不断地进取，成功和荣誉在等着你。爸爸相信你。

戒掉一些有害的嗜好和欲望，如戒烟，也是看你的意志和决心。老舅和我都吸烟几十年，现已戒掉。别人问及戒烟的奥妙时，我的回答就两个字："不吸。"关键是决心、毅力。家里父老相信你。

下次再谈。

父签

1996年3月7日于医院

【旁白】

由于太太刘立红待产，加之业务不顺，当年春节后，李经理解散了万替。

此前，我们曾出主意，让嫂夫人来郑生产，这样李经理就可以事业家庭两不误了。这实在是幼稚的想法。

对坚守到最后的我和李义，李经理先是让我们使用电话，以便及早寻找"下家"，后来又联系同学，为我们提供了免费的住处。

此后，我和他保持了一段时间的联系。1997年春，他来郑出差间隙，和我们畅谈人生。他说，男人要孩子不要太晚，最好赶在三十岁之前，这样到而立之年，家里就没有什么负担，在各方面也较成熟，可以专心自己的事业。他后悔当时才要孩子，正是出成绩的时候，由于孩子太小，奶奶姥姥又远，自己便被绑在家里。

爷爷、爸爸、妈妈及全家人：

你们好。

漂来漂去，我终于如愿以偿，在生活·读书·新知三联书店郑州分销店落脚。高考落榜是我的一次失败吧，和叶田分手算作我的失恋吗，万替解散可是我的首次失业呀——失败、失恋、失业，我一一品味，一天天地长大成熟。

还是应该谢谢李红光，就是我原来的头儿。在去年"扫大街"的时候，我被业务所逼，认识了不少年轻人，为我今后的人生之路奠定了基石，其中就有郑州三联书店的张俊鹏经理。

刚失业的那段日子，我像是被蒙住了眼睛，不知身在何地去向何方，四处乱撞。工作是好找，大多是拉广告、搞推销，这和我去年所做的是一个性质，是我不太感兴趣的。拨通了金砚台画廊魏培建老师的电话，请他帮忙给找个工作，他表示无能为力，却说了几句启示我的话："像你这么大，不应该没活儿就找活儿，找到活儿就做活儿，纯粹做一个打工者也不好吧？应该有自己的想法，为将来的事业打好基础。"第二天，我又和他面谈了一次，临末，我对他说："在这儿虽然没有找到工作，却让我找到了自己。"虽有些酸，却是心里话。确定三联书店后，我告知了他，他急切地说："抓住机会，不管干什么，先进去再说，至少有书看！"

身为男性，又不是郑州居民，这是我的劣势，然而我又知道自己的优点，便扬长避短。给了张经理一份自办手抄的《我》小报，上面就有《沐浴父爱》一文，以及如下一段话："这是我第三次写自己的爸爸了。几年来，我完成了心目中的爸爸从神到人的转变，并且经历更多，和他交往更深，感受便也更新，有种不吐不快的意思。爸爸着实是个常写常新的人物，我为拥有这样的爸爸而感到幸福。记得近四年前的母亲节，我创造了个彩蛋赠给妈妈吃，爸问：'什么时候是父亲节？'然而在我心中，天天都是表达爱心的日子，天天都是父（母）亲节！"

今天我就算正式在三联书店开始工作了，先在仓库熟悉业务，4月到店里营业。见到了书店创始人薛正强总经理。他勉励道："小报看了，你的家人对你期望很大呀！你比其他店员有文化，我们就要严格要求你，给你重担子了！好好干，将来管理一个店（郑州三联书店已有五个支店）或某个环节，年轻人，机会不多的！"

不多说了，我会努力做到敬业精业的。正如黄科大的胡翔主任所说，程序的每一部分都要熟悉，才能做好管理工作——刚开始应从低处、小处做起。

家人相信我能走好自己的路，就是对我最大的激励。

先前组建万替时，几次回家办理的流动人口计划生育证及暂住人口证，现在也用上了。

今天下起了春雨，就让它下个透吧！

  祝

家和人兴！

国兴
1996 年 3 月 28 日夜于郑州

【旁白】

  此前一年，在"扫大街"时，我并未接触过张俊鹏经理。

  不过，在那前后，去郑州三联书店买书时，我数次见过他，或在指导店员上书，或在与老读者交流。

  某日，我还在电视里看见了他。那个专题片是介绍文化路各家书店的，他在采访中说道："现在有的书店搞打折销售，其实卖的是盗版书。这是图书市场的不正当竞争！"

1995 年 10 月 1 日，郑州三联书店郑州百货大楼支店开业。当日，我前往此店，选购一册《文明与野蛮》，作为纪念。那天张经理也在店里。有一瞬间，我想让他在那本书上签名留念，但最终，只是上前寒暄一番，匆匆告别。

万替散伙后，1996 年 3 月 25 日晚间，几经辗转，我才联系上张经理。起初他不肯面谈，只让我留下联系方式，待再次招聘时另行通知。眼看要黄，不知是谁先扯到了年龄、户口之类，引发我的谈兴，说了好多话，最终换来次日上午在农业路门市见面的机会。

我与郑州三联书店，终于没有互相错过。

从此，我的人生翻开了新的一页。

国兴：

今收到你 3 月 28 日的来信，拆阅内情已知，为你能在郑州三联书店工作而高兴。

"一切行动听指挥"，是"三大纪律八项注意"的第一条。刚去上班，一切从头开始，要听从领导指教和安排，有事多汇报。团结同事，尊重同事意见，不要骄傲，要牢记"虚心使人进步"的为人格言。要想在一个新的单位里站住脚，为人要不怕苦和累，多干点，勤能补缺。就像你曾说过的，要让人家看得起，首先自己了不起。

人生"三大不幸"是：少年丧父（这时正需父爱和关照）、中年丧妻（这时正需伴侣作陪）、老年丧子（这时需儿子养老送终）。可你的"三失"，失败、失恋、失业，又算什么？失败更能激发你向上求索、努力学习的决心，是好事不是坏事。失恋，你和叶田的关系，本来我们认为就是一面热，也可能是你多情，我认为这不叫失恋，叫锻炼。天涯何处无芳草？你的娇妻已在向你招手，或可以说翘首顾盼呢，只是看你的缘分罢了。失业更不算什么！它带给你的将是一个倔强者的奋起。你看过《西游记》，应该懂得"九九八十一难"的道理。正如你说，应感谢李红光，使你得以磨炼。"宝剑锋从磨砺出"嘛。不然，你怎么会到三联书店工作。所以要想开点，用唯物辩证法看待问题解决问题。

家里的父老乡亲相信，你能走好自己的路，也一定能工作得更好，做出更大成绩，让你的领导刮目相看，让家里人为你的成就而引以为豪和欣慰。

"清明时节雨纷纷"，我记不准是哪个诗人的诗句，是很有道理的。你象征着一粒种子，在贵如油的春雨滋润下，也会在郑州这块土地上生根发芽破土而出，成为一棵栋梁之材的。

家里的小麦长势优良，预示着今年又是一个丰收年。我家的当然是旱涝保丰收。

你爷爷的身体很好，妈妈的病也好了，你的侄儿们身体健壮、活泼可爱。家里事，希勿悬念！

关于写父亲的文章已经看到了，也说明了你做儿子的一片孝心。《三字经》云："养不教，父之过。教不严，师之惰。"你能有出息，自然验证了上述古训。

就写于此。再见。

父签
1996年4月2日于医院

爸爸见信如见人：

您的种子的比喻深得我心，我会将它谨记于心勉励自己的。

郑州三联书店总店的地址在农业路21号，信呀什么的都经过那儿流通。总店又称农业路门市，经营一些学术文艺著作，是最体现三联书店特色的。现在书店与多方合作，又开设了许多支店。

三联书店已成为"众矢之的"了。新华书店，这个曾一霸天下的发行主渠道，如今被各种发行单位竞争得少气无力，包括它在内的许多书店要和各商场联办专柜，都被老总们拒之门外，而选择了郑州三联书店。

说起来，三联书店着实是老资格了，新华书店还是小弟弟呢！爸爸可以看出，信纸上的"生活·读书·新知"是三种字体，这是怎么回事呢？三联书店由生活书店、读书生活出版社、新知书店组成，成立于1948年10月的香港，次年迁至北京。三家店招，"生活书店"由黄炎培题写，"读书生活出版社"由民国名士沈卫（沈钧儒的叔父）题写，"新知书店"由近代教育家经亨颐（廖承志的岳父）题写。如今，取自三家店招的这六个字已成为三联书店的标志之一，而另一个标志——店徽，是一颗星下三位挥动锄镐的筑路工人。

就介绍到这儿吧，这些都是历史了，未来还是要靠我等年轻人去创造！

我目前住在二里岗的水利机械厂家属院，房子是李红光的同学分的（他现和父母住在一起，房子空着），不用交房租的，这样一来，我那微薄的工资也显得绰绰有余了。我仍在仓库工作，仓库在郑州商业储运公司的地下室，不时又要到各商场的支店顶班、加班，漂移不定。我会尽力尽快去熟悉各个环节的。

写到这儿。也请爷爷、妈妈及其他家人勿忧。

  祝

一切好！

三儿　国兴

1996年4月12日于郑州

国兴：

接到你4月12日从郑来信，阅后，为你能在三联书店工作感到欣慰。

（一）此单位是属于全国性的，郑州为分店，还要有一些支店,其规模自然是大的。要知道,大的单位才能锻炼人培养人,和几个人的小公司比,你不觉得这儿更有干头吗?

(二)只要干得好,自然有比较稳定的工资收入,首先能保障基本生活需要,这是继续干下去的根本。先当一个好的雇员,才能把自己培养成好的经理、好的董事长。

(三)人是要有点精神的,要把自己的理想通过实干,变成现实。

好了,不谈这些啦。千言万语,变成一句话:父辈相信你。

最近,我县小报连续报道了我院的情况,今特随信寄去,以了解爸爸。理解万岁。

父签
1996年4月20日于医院

【旁白】

在信中我卖弄的那些信息,源于此前所得的一份三联书店简史。

那时,我不解那枚店徽的意思,询问店员之后,得见书店简史,忙拿到附近的文印店复印了一份。对书店历史的了解,无疑为我随后能加盟其中增添了砝码。当时没有想到,几年后,我也会执笔为郑州三联书店立志修史。

再补充几句。

三联书店前身之一的生活书店，不仅是个出版机构，而且在全国及东南亚建设了销售网络，经营本版及外版进步图书。后来由于种种原因，三联书店只是从事出版业务，虽名为"书店"，却不能逛。

1986年，恢复独立建制以后，三联书店又开始在全国设置分销店，以推广三联书店的品牌和图书。郑州三联书店是三联书店的第一个分销机构，由时任三联书店总经理的沈昌文先生和薛正强先生共同促成，于1989年下半年开始筹备，1990年4月25日正式营业。

郑州三联书店在农业路门市开业几年之后，先是在1993年12月，和郑州越秀酒家兴办了"酒店中的书店"，继而又于1995年10月，进入郑州百货大楼，设立"商场中的书店"——二者都是开先河之举。此后，书店迅速复制扩张：1996年1月，商业大厦支店正式营业；1996年5月，大然岗厦支店成立；1996年7月，紫荆山百货大楼支店面世；1996年冬，亚细亚五彩购物广场支店营运；1997年，其触角又先后延伸至金博大购物中心、花园商厦、丹尼斯百货……

我是在这样的背景下到书店工作的。

由于当时店面人手紧张，书店不时会抽调后台的员工救急，在仓库理货的我，得以接触营业事务。

1996年4月10日，我在日记中写道："一天又在郑百支店顶班而立，很苦——我是特指安排吃饭时的困窘。到了吃饭时间,朱袅要为我捎带,给我报了一大堆花样,我却无从选择(确切地说是无钱选择),只好说,一会儿我下楼自己买吧。在休息室干坐时,又被同事追问:'怎么不去吃饭?'只好下去,花1元买了个烧饼豆腐串,垫过肚子后再去顶班。心里充实胃里空,老马哟。"

在翻看那个阶段的日记时,我心酸不已,只想穿越时空,借给"那个人"一点钱,好让他生活得更舒服更有尊严一点。

书店每月15日左右发上月工资,我第一次领工资,要到1996年5月16日了,在此之前,所有的消费都要靠借钱来实现。偏偏那时出钱的地方很多,先是鞋跟脱落,继而皮鞋张口,随后某日,我骑车撞上出租车,被诈40元——郁闷之余,不禁怀疑人生,脑子乱成一锅粥。

虽然一时窘迫,但因为有希望在,我便全身心地投入到工作中去。

"有人说,你喜欢干什么是经,你能干什么是纬,经纬的交点就是你的立足点。我以为,现在自己寻找到了人生的坐标点。"那一年,在给朋友的信里,我如是说。

爸爸：

您好。

今天上午，在班上听张经理说，"你家人几次给门市打电话，要你回电话"，猜着是您来的电话，所以匆匆写这封信。爸爸4月20日的来信我已收到，详情尽知，请勿忧。

这几天正给天然商厦那个支店配书，明天就要开业。我就要被派去营业了（早八点到晚八点），估计没有时间给爸爸回电话。如果有事，还请写信吧，那电话在农业路门市，离我还远。

写到这儿。问爷爷、妈妈好。

郑州下了中雨，不知家里怎样？

祝

工作顺利！

三儿　国兴
1996年4月29日于郑州草

国兴：

4月29日的来信收到了，情况已知。

几次电话是清化城你高中的同学李成花给你打去的，主要意思是：五一节你们的苑老师结婚典礼，问你能否回来参加。她是来际东村家里查询了你的地址以及电话号码。既然没有联系上，也就算了。你刚到三联书店上班，还是要任劳任怨，多做工作，向领导多汇报、勤反映，争取上司的重视、支持、器重、培养。

郑州市是你就读大学的地方，也是你成就事业的地方，将来你很可能也成家于郑州。三年来，从郑密路到汝河小区，从格林兰大酒店到政七街东关虎屯，以及现在的三联书店，正像你说的，漂移不定。我看你的事业快要定了，看准目标，奋斗一番，干点名堂。你已这么大了，一年，二年，不过三年该找对象结婚成家了。选对象，择偶标准你自己拿主意，爸爸、妈妈以及爷爷只能从经济上支持支持，其他无能为力。希望你工作之余是否留点意，首先向你身边的观察一下，有时是擦肩而过的……

下封信再见。

父字
1996年5月2日于医院书

爸爸：

您好。

"只要有梦想，凡事可成真"，这是一年前一位同学赠予我的，现在自己是越来越认同这句话了。又有话说，"只有想不到的事，没有干不成的事"，如果想到了要干某件事，虽然目前看来是荒诞可笑的，可潜意识里已有了为实现此目标而努力的想法，便不自觉地积累着这方面的能力，到一定时机即很有可能实现梦想。

说了半天，只是近期的一点感受。一年前，我还徘徊在二七广场，为天然商厦的一把火而叹息，并产生了点人生感触；两年前，我还仅仅作为一名普通的读者，因为知识因为文化，仆倒于三联书店的脚下……谁能想到，今天，自己竟作为三联书店的一名成员进驻天然，开设了郑州三联书店第三家商场中的书店。

我很累，但很充实。宁缺毋滥，三联书店正在精挑细选着应聘的人员，于是天然支店就只有三个人忙活了。我上的全班，从早八点到晚八点，一直待在营业大厅；另两个人倒班工作；每班两个人，经管着二三十平方米的营业范围。站一天下来，实在迈不动双腿，比军训练站姿时间还长、还苦。但想着招来人，自己就可以轻松点，想着这就是所谓的"严要求""重担子"，便心安理得了。不要说和父辈们比了，单看看长我几岁的人物，我这苦又有什么？站得太累，回去正好入梦。"辛劳一天，可得一夜安眠；辛劳一生，可得永生长眠。"

三联书店月基本工资260元，试用期内没有奖金，加班有加班费；以后每年每月增加50元基本工资。是少了点，但很扎实。由于一天在商场里度过，就不能自己做饭了。

拉杂地谈了这么多，请家人勿忧，我会把工作做得更好。

祝爷爷、爸爸、妈妈健康、快乐！

三儿　国兴
1996年5月4日夜于郑草

国兴：

　　5月4日的信已收阅，很好，为你生活、工作、学习的扎实而备感欣慰。年轻人应该有理想、有抱负。任何追求总离不开现实，眼前的路走好了，会为以后的锦绣前程铺平道路。

　　你的"苦不苦，累不累，看看革命老前辈"的观点是对的。天上不会掉馅饼，西北风也不会把钱吹到腰包中。刚开始工作，工资低点不要怕，通过自己的努力和拼搏奋斗，工资会从少变多的。我曾经在"大跃进"前后每月工资18元，"文化大革命"前后每月32元的工资拿了十六年，但现在每月工资在1 000元左右，这不能不说是翻几番的变化。

　　不是郑州户籍也不要紧，通过扎实工作和一番努力，可以转为正式郑州户口的。

　　在天然上班，自然是郑州市乃至河南省的文明窗口。天然虽遭大火之灾，或许会应了你奶奶在世时常说的"火烧财门开"这句俗话。你能到天然，也是你的缘分，要十分珍惜眼前，好好工作。注意领工资后，买两身衣服包装一下自己。要知道，人是衣裳马是鞍，注意自己的仪表，会给人们一种潇洒大方、一派干事业的年轻小伙子的印象。因为你的周围不是面朝黄土背朝天给土坷垃挡阴凉的农村小青年，环境和氛围需要武装自己。

　　啰唆半天，把一个大学毕业的知识分子的儿子，还当一个不懂事的孩子去交代、去吩咐，有点多心了。不过，天下父母心，以上这些也是你妈妈、爷爷的一番心意。

　　其实，每次你的来信，你姑姑、姐姐，以及你的两位哥嫂均要阅读，说明大家都在关心你，爱护你，重视和支持你。你应该为有这样一个和睦、安逸、团结向上的家庭而幸福。

收录机你带走后，在郑是否检修过，再来信时通报一下。

信中再见。

父字

1996年5月10日于医院

爸：

先后收到您的两封信，详情尽知，勿忧。

同事们说："小马的信真多！"我笑笑。家人和自己都认为这一段的经历对我至关重要，便加紧了交流，有人倾诉和倾听，真好。

收录机的特约维修点找不到，我便在街上的家电维修处让修理了，换了芯板、皮带，还能听，但效果怎么也不如原来好。就让它在我这儿吧，时时驱除寂寞。

天然支店已有了四个人，我们开始倒班，一班两个人六个小时，不太累了。营业额渐渐稳定，一天可卖500元左右。也好，因为天然还没给三联书店定租金，是要看这一段营业情况而定的，假如现在营业情况极好，将来又大不如前，恐怕连租金都顾不住。

在商场里工作须着工装，天然也不例外。5月8日已换夏装，女为白衬衣、蓝马甲、蓝裙子，男为白衬衣、蓝马甲、蓝裤子，挺素雅的。这一套工装130元，由三联书店购得分发。着工装必须配胸卡，而要办一个胸卡须交515元（押金300元，培训费100元，就业证费100元，办证费15元），这其中有许多费用实属坑人。请示了张经理，我便先不办了，做一个"便衣"参与营业。

上一个月发了347.70元，我很知足，要知道，有半年多我没实领工资了。借了张经理300元做押金给三联书店，他说："你慢慢还吧！"家人不必为我的生活费用操心了，让我试着养活自己。

苑成彩老师结婚的消息，我是从省会计学校的同学王卫东那儿得知的（是5月12日结婚），我和他都不能回去，便写了封信，相信老师会理解的。卫东曾去过咱们家，今年毕业，已定位于亚细亚五彩购物广场，7月上岗；另一位同学周卫宏就读北方工业大学，去年毕业后"孔雀东南飞"，到了广州……我们是朋友又是对手，自己不能松劲儿。

先写到这儿。人是要靠精神支撑并走路的，向培养我和我的精神的爷爷、爸爸、妈妈及其他家人问安！很难忘爷爷的手书《百家姓》，妈妈的"扫地扫旮旯儿，洗脸洗鼻洼儿"，爸爸的"万花筒""老虎灯""迷你订书机"，大哥的《谁的脚印》，二哥的鸽子图……不说了，那是一片值得深挖的宝藏，等待时机吧！

　　致
家和人兴！

三儿　国兴
1996年5月18日夜于郑州草

【旁白】

　　书信被书店仓库的人戏称为"圣旨",而我,无疑是接受"圣旨"最多的人。那个时期,书信由给农业路门市送书者捎回,再转交给我。

　　郑州三联书店进驻天然商厦,拆包上架分类之后,依张经理的指示,我便留在了那里,就任店长。

　　身为支店的负责人,少不了与各方人士打交道,这让我颇为头疼。就说借书这事儿吧,按店里规定,书是只售不借的,但现实却让我为难。

　　张经理有话:"遇到别人借书,我宁愿送给他,也不借给他。送给他一本,他还好意思再借再要吗?借给他一本,还会有别人来借;借给他一次,还会有下一次、下下一次……"

　　商场里的会计、保安、营业员都还好拦,可商场经理呢?什么主任、什么组长呢?不借给他们,上货、办胸卡、结账之类会不会受阻?

　　后来,我退让了一步,让借书者写借条才放行——在我们之前的那家书店的老板挺活套,是没有这等手续的。不过,有一次我正收借条时,被商场经理看见,以为是在私收书款（违规要罚 5 000 元），就告知了张经理……

那时，每周四上午要召开店长会，研讨业务，解决问题。刚开始是在饭店碰头，边吃边聊；后来转到办公室，会后可到财务或仓库办事；再后来轮换到各个店面，以便及时处理各种实际问题——我称之为两次飞跃，由务虚到务实。

国兴：

5 月 18 日的信今收到，为你能拿到 340 多元工资而高兴。这是你辛辛苦苦为之奋斗而得来的，我想你一定很珍视。这仅仅是开始。

大学毕业后你们曾办的万替公司，我总觉得太超前，不能为现在的人们所接受，因而它的市场也就太微不足道，它的生命也就必然夭折。"峣峣者易折，皎皎者易污"就是这个道理，太高了易折，太洁净了易脏，历史证明了这一点。

现在，你很实在，只要勤劳肯干，出力流汗，每月多少总要拿到薪水的。这就是固定收入，就能养活自己，就能成家立业。但愿你能干下去，有发展。全家人为你能挣钱高兴，相信你以后还要挣大钱，为国家、为自家、为你所在的工作单位挣钱。

在搞好工作的同时，也要搞好你和你的领导的关系。一个人要上进，得有领导推荐、提拔、培养和重用。以前说的对联，

"说你行你就行，不行也行；说不行就不行，行也不行"，横批"不服不行"，不是这样吗？当然还有一副对联叫"世路难行钱作马，愁城欲破酒为军"，这似乎对你、对我都不适用。钱，我们不是大款，不是腰缠万贯的富翁；酒，我们也非海量，更不能多饮。因此，还是要实际一点，注重现实。

信是人们交流思想感情、互通一切信息的最好手段，一般每半月一封信，家里外地心思通。以后家里安装程控电话就更方便了，可随时联系。

录音机你留着用吧。

父签
1996年5月23日

爸：

5月23日的信收到，勿忧。

在天然营业并负责了一个月，一切手续办妥，就要办理胸卡，挂牌上班了，接到张经理指示：暂时先不要办胸卡了。我就明白：书店在什么时候什么地方又需要我了。紫荆山百货大楼的支店即将开业，我可能被调往那儿的——其实也无所谓什么地方，经理指哪儿打哪儿！

那天去苏秀珍那儿，得知她要回家，便让她捎来几盘磁带。我让她对家人说自己很好，不必担心，这是心里话。找到自己的人生坐标也好，如鱼得水也好，反正我很高兴很投入很充实，不再去管别人评比什么——"如果我只是一株蒲公英小草，我才不理会隔壁的那棵大树，我会专心地做我的小草！"（蔡志忠语）

三夏大忙，家人和我在不同岗位上操劳，互相都帮不上忙。向爷爷、爸爸、妈妈道辛苦了，愿各家都有个好收成！

三儿　国兴

1996年6月12日夜于郑州

三儿国兴：

6月12日的信收到了，内情尽知。为你工作顺利而高兴，为你身体健康而祝福。

还没来得及询问你在三联书店天然支店的学习、生活、工作、福利、待遇等，这封信都又要奔三联书店紫荆山支店了。你属虎，虎登山，纯属天然。家乡父老相信你能干好，而且一定干得出色。原来在政七街时，你来信总写上"东关虎屯"字样，我就有点不喜欢，但始终没有流露出不满，为的是放开手脚促你去干。不悦是你属虎，怎么从大学出来就去关虎屯呢？虎为兽中王，但被关起来，在公园里就只能供游人观赏。一只老虎的价值，远非如此！难怪国家出台《野生动物保护法》。现在，你这只虎在天然当然好，又要到紫荆山当然更好……不啰唆这些了。

你爷爷看了你的来信说："张俊鹏是国兴的领导、经理，还是顶头上司？关系一定很好吧！"因为你的来信中多次提到他。

秀珍回来我没见着她，见着是在我上班的路上，她在公路上等去郑的客车。我只给其打了一个招呼，没具体谈，因上班时间急。后来回家，听你爷说她给你带去几盘磁带。

三夏已结束，公粮已交过了，今年丰收，并又卖了义务粮。

希把到紫荆山的情况，通信告知，以解悬念。

预祝前程似锦。

父字
1996年6月24日于医院

爸：

6月24日的信收阅，勿忧。

没想到，身为"党外布尔什维克"的准无神论者的爸爸，竟也有着这么深重的"迷信点"！但您的"野虎登山论"却让我激动，有种茅塞顿开的感觉。是啊，原来在信封上写我的地址，不也有人将"关虎屯"误认、误写为"关马屯"吗？

张俊鹏是我的领导、书店的经理，自然也是我的顶头上司了。他是郑州三联书店的第一批店员，是六年风雨之后的"金子"，如今全面负责店里日常的事务。张高中毕业就上了"社会大学"，今年才二十五岁。

许多年以后，当我回首往事时，一定会为自己选择了三联书店也被三联书店选择而骄傲。当初电话和张经理联系时,他听了我的情况,本不想用我,自己心里在说:"争取!一定让他见我一面,见一面就定了大半!"原来在仓库时,同事小倪问:"是谁介绍你来的?""我自己介绍自己!"非常自豪。在天然,周围的营业员问:"你和张俊鹏是什么关系,这么卖力?""上下级关系,他是领导我是兵!"什么亲戚关系、同学关系,你们可想错了!

转而言他。紫百支店将于7月8日正式开业,而我们却提前一个月开始忙活了:配书、写单、验书、打包,并且要提前几天把书上架整理。紫百支店是天然支店的数倍,告别天然就是告别得心应手的自己,从此我又要从零开始,发展新的自我了。

我离书很近,但似乎离钱更近,作为销售者,只有营业额才能说明问题——天然5月1日至27日销售17 234.03元,5月28日至6月27日销售22 002.03元。近几个月,没有买一本书,也没有看完一本书,报纸也读得不仔细,我在贪婪地翻阅着生活。

写到这儿。问爷爷、爸爸、妈妈及全家夏安!

三儿　国兴
1996年6月30日于郑州草

爸爸:

一个小挫折:野虎未能登山,仍留在了天然。

紫百支店在新楼的五层，一面正对紫荆山立交桥和花园路，书店在大楼领导的要求下，备了椅子和桌子，让读者可以坐着看书，并观赏郑州一景。新店于7月8日开业，那天正好是紫荆山新楼开业一周年，而在商场里开设书店，也是大楼的一个新举措——打文化牌，树高雅形象。

我没能留在紫百支店原因诸种，然而最重要的，还是自己没有修炼到家。这样也好，不至于让我头脑过热，可以好好反思一下自己的一切，修正自己的道路。机会还是会有的，诚如薛总所言："我们不缺书，独缺经理！"

天然，我又回来了。不管葡萄大还是小，这属于我，我就要好好珍惜它。请家人勿忧，我会走好的。

向全家问好！

三儿 国兴
1996年7月9日于郑州，雨

国兴：

7月9日你的来信收到了。

知道你不去紫荆山，但愿在天然干好。

本次来信没有问候你的爷爷与妈妈，以及姑、姐、哥．嫂，你不觉得在你的信件中缺点什么？要知道你每次来信，全家上下都传阅，有时不止一遍。说明家乡父老时时在关注着你，为你能有进步而高兴，为你在外奔劳而忧心。家在中国人的心中是永远值得热爱的，你在没有结婚前，为有这个家，应感到温馨。

这几天，医院病人多，工作忙，没能及时回信，一拖一周。今天特回信，以解悬念。

一个人走遍天涯海角，要抓好两个人：一是你的主要领导，二是你直接领导的下级主要人物。一上一下，搞好关系，是搞好人事的主要者。当然，在为人处世中团结的人越多越好。这个社会如此之大，人是第一位的，抓住人心是事业成功的前提。望能有所建树。

下次再谈。

父签
1996 年 7 月 17 日于医院

爸爸：

为了安心在天然支店工作，前不久，我便办了天然营业员的胸卡，挂牌上岗。前一段我的确是浮了点儿，现在好多了。

7 月 20 日至 29 日十天，我们这些人便要在河南省商业干部学校参加培训。这学校乃是天然的职工培训基地，也曾在天然受创后给予支持。离开学校一年后，又一次坐在课堂上，竟有一种别样的感觉。

虽然我是天然的联营职工，但当听到《天然报》招收通讯员的消息，还是迅速写了自荐书，并附上材料交予宣传处。已初步敲定我入选。所谓通讯员，不过提供本商场的商品信息而已，再就是交点文艺类稿子。我之所以这么热心地投入进去，不过想接触一些人、发挥一下自己的特长罢了，或许有别的什么收获？

我们原来的老板李红光来信：已于6月底生下一小子。我只有祝福，别无长物。

写到这儿。向爷爷、爸爸、妈妈致安！

三儿　国兴
1996年7月19日于郑，二十三岁了……

国兴：

你7月19日的来信收到，知道了你的工作和学习情况。

今年你的生日，家里人没能去，自然是顾不上。你知道我们家里的情况：你大哥虽没上班，在家里也忙得不亦乐乎；你二哥今在家盖房，现正封顶上预制板；你姑家也在盖房；你姐在卫校参加培训。不过，从你的来信听说你也在干校培训。多学习自然有好处。

随信寄去《妇女生活》1994年第1期第一篇关于亚细亚韩梅的一篇报道。我读后觉得你可以借鉴。以人为镜，可以鞭策自己，激发斗志，争取更好地前进。你为什么不可以成为天然的韩梅式的人物？但要通过奋斗，找准机遇。

这半年没见你要钱，你爷爷、妈妈、姑、姐都问你的吃饭问题怎样解决。你爷爷一直催我去看看。我一直很忙，病人太多，抽不出空闲时间。这封信，写写停停，两天才得以完成。不过，郑州——河南人的省会都市，它是八千万人的政治、经济、文化中心，一有机会总是要去的，你又在郑工作，怎会不去?!

二十三岁是人生的黄金岁月，从少年到青年，从幼稚到成熟，这时学业成就，恋爱婚姻，正是时候。你个人的事，除了长辈操心，你自己也要合理安排，愿你能处理好。恭候佳音。

以上光谈了吃饭的事，当然包括业余时间安排、人事交往等。儿走千里母担忧啊！

父签

1996年7月27日

爸爸如晤：

您的两封信，儿先后收到，勿忧。

也许7月9日心理上还没转过弯吧，以致"忘了"向其他家人问候，该打。从博爱到郑州，到现在已整整三年了。要说不想家那是假的，可要说无时无刻地想回家又显得做作和虚伪，也是家人不愿看到的：培养这么多年，就知道一心想家？

在遇到挫折时，在心里最脆弱时，那是最最想念家乡家人的。那时就想要去逃避，去放弃，去家园倾诉与倾听——最终又在那里加油补气，重新面对和开始。大多数时候，心理上处于低谷时，想家是想，却并没付诸行动，而是学会自我调节：假如回家告诉了家人，他们会怎么说，又会劝我怎么做？如此这般，直至走出低谷。

就在写这封信时，家人一个个从我脑中闪过。要说印象最深刻的，倒是大侄儿登高了。在商场里营业，不时会由少儿读物想到登高及其他晚辈，会想：他们适合看哪一类书，哪一类书适合他们看？就又想到了今年过年的一件事，且抄2月19日日记："大年初一大拜年，每年这时候，家里的小一辈都要向长者拜年，磕头见钱，今年更无例外。一大早，侄儿马登高来到我的卧室，口里说着要磕头拜年，我忙制止：'下一年吧，下一年给你钱——不，给你送书，那时再拜也不迟！'这真是搪塞之辞，谁知道下一年如何？登高说：'我磕头不问你要钱，我爸说，你的钱还是我爷给的！'童言无忌，这真伤了我的心。登高'咚'的一声磕头，起身离去，留下我无地自容又无可奈何地呆坐！我抽烟了。"

都已经过去了。这就是自己工作不顺的反映，以致毕业后参加工作半年多，自己还从家里拿了700多元，而现在经济自立，倒让家人担心自己的吃饭问题了！这也是我的疏忽。我的生活是怎么安排的呢？

从3月28日进入三联书店，如今我试用期已过。每月15日发工资，发的是上月那几十天的工资，我已领了三次，分别为347.70元、346.70元、385元。基本工资260元，逐年递增50元；试用期后加班一次（六小时）15元，夏季三个月每月降温费60元,另外还有奖金(超额提成)。我负责天然支店,也算部门经理吧,似乎每月还要有50元的劳务费。我住的地方不交房租,挣来的钱便只用于吃和穿,没有多大问题,请家人不用担心。我的其他生活下次再谈,停笔。

一个我牵挂着一个大家五个小家,向爷爷、爸爸、妈妈致安!问其他家人,姑、姐、哥嫂四家十五人,家和人兴!

三儿 国兴

1996年8月1日于郑州草

【旁白】

当年万替的注册地,在东关虎屯201号。

正所谓"失之东隅,收之桑榆",我年中"登山"未果,岁尾却意外地得到了去郑州三联书店农业路门市这个"开山店"的机会,在这儿,我找到了自己的"另一半",怎不让人感叹?

不过,当时踏空之后,我好长时间缓不过劲儿。

晚上收听广播,每当播送紫荆山百货大楼的广告,我都赶忙换台。"常去常往常想念,购物还是紫荆山!"那句话每每听来,就如同一把盐,无情地撒在尚未愈合的伤口上。

后来,李义于1996年8月21日也加盟郑州三联书店，在仓库做了近两个月后，前往紫百支店就职，又让我心理失衡了多日。

爸爸：

"中国政府恢复对香港行使主权倒计时·距1997年7月1日×××天××××秒。"今年七一时，郑州市政府在二七塔西侧立了这么一个读秒牌，引来不少人在此留影，也算新的一景了。但也有照相机摄不进去的东西：每逢整点前一分钟，二七塔顶的巨钟会传来清脆的乐曲《东方红》，六十秒后敲钟声传出，之后电脑报时。据说这套东西并不新鲜，早些年就有，经年失修失声，是经市政协委员建议修复的。

上面的一段，是我在中午去华联商厦职工食堂吃饭，走在二七广场上想成的。

二七广场周边四家商场，有近万名员工，但只有华联具备小小的职工食堂，大多数的营业员都是在街上对付的。前一段亚细亚几名职工在其后一摊点就餐后，不幸染上了×号病，病死两人，吓得姐妹们咋舌！防疫站的也巡回各商场，注射防疫针……

一个月我的伙食费，仔细算下来就是200元左右，属中下等消费水平。再买点报刊和生活用品，工资也所剩无几了。天然支店的人员不稳定，我便经常加班（站十二个小时班），劳累一天，安眠一夜，所以也不曾有太多的业余时间和爱好。先前就爱逛书店，现在天天都在那儿，还想什么呢？

我还要不定期去仓库配书。因为三轮车不准进市区，尤其是二七广场，我便每次配了一包两包三包四包书，用去年买的旧自行车驮回天然。又因为每次配得不多，故曾有一段每隔一天去一次仓库，同事们说："你可省了不少运输费了。"我笑笑。有时配得实在太多，就打的运输，回头报销。

这封信写成这个样子，是自己觉得更顺手、自然。先到这儿吧，下次再谈。请爷爷、爸爸、妈妈及关心我的其他家人放心，我会好好走的。愿你们生活如意！

生活常苦，苦中常乐，乐中常新！

三儿　国兴
1996年8月5日于郑州，连绵雨

国兴：

你8月1日来信今收阅。本不应这么晚才见到你的信件，其原因是从本月5日开始至11日一周里，参加省劳动局的员工晋级培训。我是中晋高，你姐晋中级，通过培训一周以后分别为高级和中级技师。本月12日上班，才接阅你的信件。

这封信，写得比较实际，比如月薪领了多少，怎样开销等。家里父母、你爷、姑、姐、哥、嫂都比较注重实际，不喜欢大道理说一通，没有现实内容，这不好。你要知道，你是一个人在省城郑州奋斗，家里是你的大本营和坚强后盾，你每前进一步都和

这温馨的家分不开的。当然,等你找对象、谈恋爱、结婚、成家后,我们才算对你尽心尽责了。至如此,还有指望我们老有所靠、老有所养,由你及你的哥嫂们。这一点你放心,眼前我和你妈身体健康,爸爸每月有千元工资收入,以后退休,还有养老金,是不会拖累你们的。

这段时间,家里你二哥盖房花了不少钱,我和你大哥一共为他盖房拿出了1万多元。你姑家盖房也已开始,大约也得万把元支援他们。知道你没有钱,挣那点钱能顾住你自己就很不错了,所以没给你谈钱的事。你以后恐怕也需钱买房置业,这是后话,以后谈。

今年夏雨阵阵,连阴十天半月,沁河、丹河涨水,但没泛滥成灾。今年的秋作物基本没浇一水都已长势良好,干涸已久的河道里也已流水潺潺、清水沁沁。

国兴,春节过去半年多,你来信说想家。这是人之常情。但是,要奋斗,就会有牺牲,牺牲点回家的时间,用于工作、学习,是年轻人应该做的。你能在郑站住脚,成家立业,以后荣归故里,不说光宗耀祖,也算一个有出息的男子汉!

本来几次都有机会去郑,都让我和你妈放弃了。你妈说:"你儿子在郑州又不是啥官儿,当紧去干啥?他还不知咋过哩(她心里一定以为你很艰难),不去,不去!"

其实你爷爷对你的关心表现得更迫切,经常嘟囔、督促,叫看你,叫写信。其实我已给你爷说了,我们保持一月一封信,有时几天一封信,总应放心了吧。

你寄回来的《郑大厨语录》,"只有吃得好,才能工作好"是对的。俗话说："挣钱不挣钱儿，落个小胖孩儿。"可你一直不胖（从你寄来的天然商厦营业证的复印件相片看）。

你 8 月 5 日的信，在我给你写此回信时也收到了。工作辛苦些好！好好干，香港回归祖国时，你们年轻人说不定还要去香港做生意呢。

好吧，让我们父子通过信，交流思想和感情。

下封信再见。

父签

1996 年 8 月 13 日下午于医院

爸：

8 月 15 日，又是一个发工资的日子。三个月试用期后，我的基本工资已涨为 300 元，身为天然支店的店长，每月另有岗位津贴 50 元，电话补助 20 元，加上加班十二次（每次 15 元）的 180 元，本月收到 550 元——为工作以来之最。

我已经很知足了。自己在一天天地成长和独立，用各种方式证明着存在的价值和意义。曾经有一段，我有着很高的热情，并投身于工作中，但由于路子走偏，空空绕了段弯路。

写到这儿的时候，爷爷和大哥便来到了郑州。又说爸爸第二天也将抵郑的，但最终不知为何又没来。我这封信只好继续写下去了。

得知姑父和二哥两家都在紧张地盖房，我无能为力，谨愿建房工程平安顺利！

爷爷那么大的年纪来郑，我没能让他尽兴，甚至没亲自送他以及大哥上车——心里很是不安。也向妈妈问安！

家和人兴！

三儿　国兴

1996 年 8 月 18 日于郑州

国兴：

8 月 18 日的信收到。为你高兴，为你祝贺。我最小的儿子在河南省会郑州市已能独立了。作为顶天立地的男子汉，不仅在人格上、政治上，同时也必须在经济上独立。你由于工作抽不开身，没去为爷爷和大哥送行，他们不仅不责怪你，反而会为能有你这样有出息的孙子和兄弟备感自豪。你成功了，或说将要成功。为你的既定目标去冲锋、去努力吧，前程似锦。

你是走出校门又进大商厦门的年轻学生，社会上的许多事对你来说是一张白纸，比如婚事。你爷爷去对你进行实地考察，回来谈起此事，也觉得应该考虑或讨论此事了。比如找什么样的更合适，这些全靠你自己拿主意。要注意，不要让感情战胜理智，也不要被眼前花枝招展的姑娘迷惑，一定要冷静树立正确的审美观、恋爱观、家庭观。

你哥说，你对工作很投入，干店长很卖力。这是对的，只要付出，工资何止每月五六百元。上海市的经理、厂长月工资两三万元的都有。只要是合理所得，钱多好办事，钱多不咬手，挣得越多越好。一个美丽的姑娘跟随你，没钱能行？家乡父老、亲戚朋友、同学同事到你处做客，没钱能行？现鼓励你挣多钱挣大钱，还是为你好。你想，你的爸妈对你只能是投入，很少是索取。

在努力工作的同时，要和你的上级搞好关系，要经常汇报工作，汇报思想；要和同事们搞好团结，尊重别人。

今已秋风凉，家乡玉米黄，正是好年景，丰收又在望。

半月一封信。下次谈。

又：本安排周六去郑接你爷爷及大哥，因车去修武办事没回来，故我没去郑。

父签
1996 年 8 月 23 日下午于医院

国兴：

9 月 1 日你的来信收阅。写得很好。

8 月的业务状况令你满意，你个人的工资就目前状况，养活自己已不成问题。只有能挣钱、会挣钱，才能在个人生活中灵活支配。能挣会花，生活潇洒。你以后还要结婚成家，这都需要钱。要十分珍惜眼下这份工作，通过工作，体现了多劳多得的社会主义分配原则。我们做父辈的不祈求你什么，只望你能顶天立地，成为当今人才。这些是需要经济做保证的。换言之，有钱好办事。只有咬紧牙关，坚守工作岗位，任劳任怨，才能得到同志们和领导们的赞扬和重用。要知道，一个人的威信也是钱，不能不一分为二看事物。希望你能立足当前，着眼未来，为理想奋斗。

你大哥从你处回来后，又去县城原来他工作过的地方上班。他这次又去是由于人事变动后，他原先的领导对他很赏识，让他去负责一个生产车间。才去没几天，干得也投入。

家乡一切如常，人和家兴，老幼人等，均告平安，健康幸福。希勿悬念。

父签

1996年9月6日

【旁白】

父亲此信之前，缺失一封我寄给他的信，应为1996年9月1日所写。

从郑州返乡后，爷爷对家人说，先前村里人的戏言应验在我身上了。

戏言是无风起浪，应验是事出有因。

爷爷在村里做了三十多年的会计,自始至终清正廉洁。

然而在许多人看来,会计这个职位很"肥",常在河边走,哪有不湿鞋的?

起初,有的人旁敲侧击地问爷爷:"万哥,听说你家存款有好几万?"

爷爷知道对方的心思,笑笑:"有,我们家有两万。"

那时还没有"万元户"这个名词,而且低调是农民的基本选择,你完全可以想见问话者的吃惊表情。

爷爷先后指着天空和大地,继续说:"在太阳底下有'两万'——我是'一万',影子又是'一万',不过,太阳下山了就只剩下'一万'了。"

爷爷的小名就叫"万",以此解题,十足幽默。

爷爷接着自嘲:"我们家呀,就是'高高山上纸灯笼,外头光亮里头空'!"

直接问人家的存款数额,看起来是挺不聪明的,不过我现在想来,那或许也是熟人之间无聊时的逗趣。

后来,村里人的问话也有了升级版本:"老马,听说你在郑州存有十来万?"

问话者更年轻了,话里的存款数额也随着生活水平的改善水涨船高起来,存款处也具体为几百里之外的省会。

当时的郑州对爷爷来说,还是一个遥远而陌生的所在,用他的话说,"连郑州门朝哪儿都不知道的"。

几年过去,我到郑州求学,随后留在这儿工作。

当年郑州之行后,爷爷说了,假如有谁再问他,他会自豪地说:"我在郑州的确存有东西,但不是钱,而是三孙国兴!人是世界上最宝贵的,价值何止十万;有了人就有了一切,挣个十万八万又有何难?"

已经没有人再问他了。其时,他已退休多年,谁家没有个几万的存款呢?

2003年,我在郑州买了套房子,花了8万元,加上各种税费和装修支出,一共10万元左右。

爸:

先于这封信寄去的那本书,就是去年秋冬之交,在万替时我们几个人编著的。废墟上的一朵小花。在近一年后看到自己的成果,感慨万千。

某天上午,正营业间,张经理通知:店长们在商业支店开会。碰头后,在其对面的台湾牛肉面总汇总结交流,被告知:每月基本工资再加50元——我的心思已不放在这上面了,力求在各方面去发展完善自己。

《天然报》编辑约稿,我便改了旧作《女友三种》送上。但因为本期发在国庆(也即厦庆四周年)前夕,编辑要求写点有关天然的——写了,还画了幅自漫像,不提。如果出笼,定将奉寄。我的业余生活,自我感觉很充实。

您的 9 月 6 日来信，儿收阅，勿忧。

写到这儿。向健康的爷爷问安！向爸爸、妈妈及其他家人致礼！

三儿　国兴
1996 年 9 月 16 日夜于郑州

国兴：

首先祝贺你及你的同学同事们编著的《工商常识》出版！

这本五万字、印数一万一千册的"农村娃科普系列丛书"之一和读者见面，就像一个呱呱坠地的新生儿，在农村广阔的天地里，生根、开花、结果。正如序中指出的那样：农村、农民、农业是我国致富奔小康的主力军，我们的国家要强盛，人民要富裕，首先要解决占中国大多数的农民的问题。你们编著并由海燕出版社出版的这本书，主意正、立项对、原则强、笔法活，是一本关于农村的难得的好书，随着该书进入千家万户，社会效益肯定会彰显，并且也会再版、重印的。祝你们好运、好享受，让我们也为此分享幸福！

我是 9 月 18 日收到你从郑寄来的由你和李红光、李义、李哲红共同编著的《工商常识》一书，拜读后，我这个一生从医的外科医师从中受益匪浅，增长了一些工商常识。为你们高兴！为你们祝贺！愿你们能为国家为社会做出更大贡献。

听说你前几天和窦小虎在清化城里,但没见你的信息。真否?

父字
1996 年 9 月 20 日

爸爸及全家人:

中秋节好。

收到家人的来信,异乡的我便不再孤独寂寞。今年"双节"紧连,正是商业忙碌之时,儿不能回家团圆,特写信捎去美好的祝愿。

《工商常识》的确由四人共同完成,但原来的四人之一杨威虎被更为李哲红。李哲红是郑州市工商局的一个所长,编写"农村娃科普系列丛书"中的《工商常识》选题,就是编辑程英找到他、他又交给了我们——最终挂名其中。

9月8日我的确到过清化城。7日正要下班时,见窦小虎同朋友到天然,他们是去郑州康富德了解情况的。据说康富德这种健身器材在博爱传销得很热,小虎也想入网。看了之后他们就要回去了,我很遗憾不能安排他俩住宿,不能和小虎秉烛夜谈——他们便拉我到月山说话,于是我们便免费到了月山(我第一次坐火车)。第二天到清化见了同学贾玉喜,又匆匆赶回郑州上下午两点的班——没有回家,却让家人得知,劳心了。

如今天然支店人员确定，一班两人加上行政班的我共五人，月营业任务 2.5 万元，超额部分抽成 3‰作为奖金平分。我每天上七个小时班，每周有一个休息日，比较轻松了。

今天是传统的中秋节，店里补助 60 元，不提。

因为省水利机械厂家属院里住的人杂，厂里便发了文件，要求出租房子者限期收回房子——可能最近要搬住的地方了。

别无他事。下次再谈。

再次祝爷爷、爸爸、妈妈及全家人身体健康、中秋愉快！

三儿　国兴
1996 年 9 月 27 日于郑州

国兴：

你 9 月 29 日从郑州大学路邮来的信收到了。同时证实了你来过清化城，由于急于赶上班，没有留下只言片语。再忙，也要到你姨家或你舅家那里打一个电话，以慰家乡老人心。

第一次坐火车，也是人生旅途中的一大幸事。你任重而道远，很多事都将由你去实践、去体会、去感受。这次就算铁路旅行吧，当然和坐公共汽车的体会是不一样的。社会上的很多事是你在学校、在课本上学不到的。比如坐火车、坐飞机，只有亲身体验，才能够感受。

最近又要搬家，具体搬到哪里，希来信。这种"打游击"恐怕你在郑还要一段时间吧。

通过最近几封信，家里人也为你能独立生活、工作、学习而放心，因为你能挣钱，首先养活自己，然后才能图谋发展，成家立业。

家里现在正忙三秋。秋收已完，丰收了。秋种已开始播麦子。土地今年又进行调整，现在农村一派繁忙景象。

以后有休息日，可安排回家一叙。你从正月初六去郑，已半年多没回家了。当然，这说明你工作顺利。只是需回时要回来，二玉、秀珍她们今年分别都回过家里，唯独没有见到你。这中间，你爷和你大哥迫不及待去郑见到你才放心……

保持半月一封信，进行各方面交谈。

父签

1996年10月8日

【旁白】

父亲是怎么知道我过家门而不入的？

1996年10月末，我回到老家，才揭开谜底。

原来，9月8日那天，我在博爱县城邂逅初中同学黄元祝及其未婚妻，攀谈了几句，不料，这个弟妹居然也在磨头卫生院工作，转脸告知了我的父亲。

由于之前我回家，都会经停县城，所以父亲当天对家人说:"国兴回来了,今天在清化城,最晚明天就会到家!"

十年后,类似的事情再次发生。

2006年2月19日,我上午回博爱参加一中同学聚会,下午返郑,自然没有回家。

然而,纸包不住火。其后某日,高中同学高正祥赴磨头卫生院求医问药,为表亲近,他向我的父亲说明我们的关系,并透露了我那天的行踪。

一个月后,父亲在电话里问我:"前一段,你是不是回过博爱?"

国兴:

(一)收到你寄来的《天然报》后,阅读了你的文章《人在天然》,很好。好男儿名扬天下。好好干,会有出息的。经常交流,更了解你。

(二)你外公于10月11日凌晨一点半因脑出血医治无效,在东界沟村家中与世长辞,终年八十四岁。由于你刚开始工作,为了不影响或打扰你,你不必回来了。你外公的后事,自然由你的舅舅们以及我和你姨父来操办,所以仅以此文通知你。希不要为此过分悲痛,要化悲痛为力量,努力学习和工作,以告慰九泉之下的亡灵。

(三)收秋种麦已完满结束。

（四）这两个月工资收入分别为 1 300、1 400 多元。

（五）前几天因感冒发热，病休几天，现已痊愈上班。

（六）你的侄儿马登高、马晓宇已上学读书。

好了，下次笔谈。

父签

1996 年 10 月 12 日于医院办公室

爸爸及亲爱的家人：

秋安。

先后收到爸爸的两封信，详情尽知，勿忧。

得知外公寿终正寝，而自己又不能亲自送行，不禁有些伤心。外公的教化将永驻心头，他可以放心去了。请妈妈不要过度悲伤。

飞来飞去，我终于落脚杨庄 83 号的一家民居。这儿仍处于二里岗乡，我和李义一起住，分担房租（每月 120 元）和生活上的快乐、忧伤。我会照顾好自己的，请家人放心。

如果到时候能安排时间的话，我打算下个月回一次家。今天重阳，也是老人节，向爷爷问好，请他保重。不祝爸爸老人节好了，您还是很年轻的，在三儿心中。

向其他家人问安！

祝爸

一切好！

三儿　国兴

1996年10月20日于郑州

【旁白】

在涉世之初的那段时间，我和李义住在一块儿，同甘共苦。

前期由于收入不高，加上押金、工装等方面的支出很多，我俩不时东挪西借，对付着过日子。有一段时间，我俩的伙食是清晨一杯白开水、晚上两个豆沙包，中午各自找同学蹭饭去。

1996年7月27日，我在日记中写道："昨天到今天，忽然就沉入了生活的深渊！我欠了崔丹30元，昨天下午，她提出要'借'10元回传呼，我支出后就只有0.5元了，想着李义定还有余，不如晚饭回住处。一路上想花掉这些钱，或买邮票或买包子或买电池，但由于种种原因没花。到得住处，却只碰到李义的0.7元！两人的钱合在一块儿，1.2元，便买了四个豆沙包，一人两个，填腹。今天早上，空腹一路到商校，又没有借到钱，只好撑到中午……想想真是心酸。"

1996年7月29日，我在日记中写道："艰难度日又一天。昨天下学后到了天然支店，正遇上找我的刘秀成，说是要找张经理商议联办节目事宜。便一起到二里岗。李义赊了六个烧饼在等候。老刘见了，转身又买了两个。一人两个烧饼，没有开水，干嚼。剩下的那两个本可以'一鼓作气'的，但遥想今天的早饭，便住了嘴——今天早上便不再空腹！"

那几天，我在河南省商业干部学校接受天然商厦岗前培训，晚上住校。我们当时的住处，在郑州二里岗的河南省水利机械厂家属院 14 号楼 022 室，是李红光的同学张健民原来的单身宿舍，1996 年 3 月 28 日入住，10 月 17 日搬离。

当年年底，我调到农业路门市，由于我要住店值夜班，自此后，便和李义"分居"。

我和李义在书店"比学赶帮超"成长为骨干的经历，似乎没有必要在这里铺排，倒是有两件与他有关的趣事值得一记。

《我认识的鬼子兵》是 1997 年的畅销书，某日，某读者来电询问书店是否还有此书，又说，除了没装固定电话的郑百支店，她问了一圈郑州三联书店各连锁店，均告售罄。我便告知其郑百支店店长李义的传呼号……传呼连响，李义忙检索内容，却见："某某某小姐问你那儿是否有她所认识的鬼子兵？"

有一段时间，张经理见店面库存偏多，究其原因，乃是仓库配货者不懂书及观念不对路所致，于是要求配书看店况，减量供应。话说华夏出版社来郑参加一次订货会，每种各一本的样书用过之后懒得带走，五折处理给了郑州三联书店。随后，这批书配给了各个店面。后来我到太康路支店闲逛，店长李义说："现在说减量，仓库真的就不敢配书了，前几天来的好多书都是一本。"

2002年春，李义携家带口，远赴福建发展，仍从事书店工作。他在给别人打工数载之后，又脱身创业，在福州图书销售圈立足。每次订货会，我们总是约着碰头，而平常也多有联络，互通信息，交换看法，延续着情谊。

2018年6月27日，李义病逝于福州，年仅四十五岁。

国兴：

本月8日郑州之行，一路顺利。

虽相差十几分钟于中午没能见面，总在去河南医学院一附院办事之后，于下午四点多又去紫荆山找到李义，方知你在天然，最终大家见面了。我倒无所谓，要知道你妈是要在郑见你一面的，以了却这次郑州之行的心愿。

在回来的路上一路顺畅，八点多到际东村。

看了你的工作环境、工作范围、服务对象、人员安排等，我和你妈都放心了。只是你英俊的脸，显得消瘦了些。需多食些高脂高糖高营养食物，体重要增加五至十公斤。

如有顺车，不定哪天又会去你处，以加强交往。

这次从你处回来，你妈说："忘了问国兴，他姐给他织的毛裤，去秀珍那里拿回来否？"一场秋雨一场霜，一阵秋风一阵凉，眼下进入冬季，要注意增添衣物，保暖防冷，注意感冒。

这次在你那里受到你的店员们的热情接待，尤其是帮给李义打电话的姓贾的同志，这里写信以示感谢，请转达我们的问候。祝你们工作顺利。

父签

1996年11月13日

爸：

15日发工资，基本工资加奖金加津贴加电话补助，加上加班费，共收到538.10元。冬天来了，每人每月还有20元的取暖费（三个月共60元）。遵家人嘱咐，还了张经理360元和他的西装。

本月7日曾给您寄过一封信，里面是一张《天然报》，不想家人8日来郑，正后悔浪费了信封邮票，信又回来了——超重！也没有再寄，这次用的信封邮票就是上次的。

10月30日下午我返郑，到北站下车，顺便去秀珍那儿取回毛裤，正好抵御风寒——谢谢姐姐！

在昨天的店长会上，我又一次提出办份企业报纸的建议，张经理的回应令我振奋："一定要办的！我一定要你办！"从进入三联书店，我一直让他们看自己的习作和手抄报，也许就为了给他们留下文学青年的印象，也许就为了这句话？

办企业报是一种外在的宣传，它需要全体店员素质优良，服务过硬，在这个内在宣传具备一定水平的前提下，才能大张旗鼓地搞。不然，说得再好，来买书者的感觉不是那么一回事儿，反而起到副作用。如今，三联书店正内抓管理，以求外树形象。

这一年书店发展太快了，以致进店人员良莠不齐，亟待提高全员素质。张经理引旁观者的话说，如今三联书店的规模，至少超前了五年。是指超前了人们的消费观念和消费水平。当今社会，物欲横流，道德沦丧，人们都在忙着物质方面的满足，而当一段时间后，精神文化方面的需求便提上日程——那时我们先行一步，收益也匪浅了。

"如今我们是逆势而上的。"原来郑州商战是"八路军"，现在，一些规模庞大、设施先进的新商场相继开业，都来争夺既定的市场；商业形势又一直处于低谷，许多商家四处突围，其中一路就是寻求文化氛围，三联书店乘势而入，连锁经营，以求"东窗不亮西窗亮"，很准。等到各商场形势好转，你再想进入，你凭什么？寸土寸金，那条件可比现在苛刻了。郑州三联书店已有十余家支店，还准备在外地乃至外省开设支店——说不定哪一天，我还会打回焦作呢！

写到这儿。向全家人问安！

家和人兴！

三儿　国兴

1996年11月19日夜于郑州

【旁白】

后来，郑州三联书店并未创办内部报刊。

1998年9月，为纪念三联书店成立五十周年暨生活书店成立六十六周年，手抄报《我》出了期专号（总第13期），收入《情结三联》《店长会手记》等内容，展示"一个二十五岁的年轻人的私人化纪念"。

薛总读后，要求我扩大其涵盖范围，办成店报。我勉为其难，于1998年11月创刊了《我·郑州三联人特刊》。不过只是出了一期而已，创刊号也成了终刊号。因为受到书店资助，这两期印制了一百份，广为流传。

《我》诞生于1995年春天。

临近毕业，我和同学们纷纷设计并复印自荐书，向用人单位推销自己。与此同时，大家互题毕业留言，互赠生活照。

我想让各自的形象与留言对号入座，又不愿将照片直接粘贴在毕业纪念册上，于是复印，想替代本尊，而留存原件。有同学见复印件上有空白，提醒我，其实配几句诗更好。我立即行动起来，以长短句补白。

后来就想，何不捡起中断两年的办报爱好？

此前，初一时办《美术》，高中三年的《新星文学报》，挥洒了自己过剩的精力，填充着无聊的日子。自娱自乐之外，也给同学传阅，一定程度上弥补了自己言语交流的劣势。

那些报纸自然也是手抄的。限于财力，仅仅是原件流传；限于视野与水平，所谓的"文学"，"作文"而已，而自己的字，只能说还算工整。

来郑州读书那两年，这个爱好暂时搁置。

在李义的支持下，1995年5月1日，《我》正式诞生。办报的目的，是经由对生活经历的梳理，期望自己由此得到提升。至于读者，我定位于亲朋好友。

为什么是"我"，而不是其他？我记得当时读报，说是有一个大家庭，成员分布于海内外，为联络感情沟通信息，他们办了一份叫《家》的报纸，汇聚彼此的家事后，再寄达各个家庭成员。这和我的办报初衷不谋而合，我从中也找到了手抄报的名字，那就是"我"。

此后，不定期的，手抄编排，复印若干，代替书信，寄赠亲友。因为有了手抄报，自己就渐渐疏于写信，只在心里宽慰道：一样的内容，各人会有不同的解读吧？

这一点，为不少朋友所指摘，说我"偷懒"，说我"搪塞"，不够意思。

我并不做解释，只是在又一期报纸出来，再次以

《我》代信寄去。

我大致认同他们的说法，也理解他们的心情，那时候，大家刚刚步入社会，有太多相近的成长烦恼，更有不少相异的生活经历，都急于诉说和倾听，复印件的《我》显然不合时宜。

多年以后，大家似乎又都对自己的经历见怪不怪了，再无新鲜的感觉，再也没有信来——而这时，《我》依然在，依然在代替信函抵达大家的身边。

《我》从诞生之日起，读者就不止于亲友，其功能远不止于信件，它往往会瞬间拉近彼此的距离，让人迅速走进我的内心世界。一定意义上，我的几个工作都是手抄报介绍的。

办手抄报的过程是幸福的，这是我业余生活很重要的一部分，因为兴之所在，所以乐此不疲。办手抄报的过程中，同时又是迷惘与痛苦交织的，比如对"我"的外延的界定。

几期办下来，我忽然觉得没什么意思，孤芳自赏，一味地展现自己的爱恨情愁，没有出路。

就想着从书写"小我"拓展到"大我"。但"大我"是个什么概念，自己又不太清楚，难道是关注时事呼吁人类和平？这种宏大叙事的东西我搞不来，便迷惘不已。

还好，我并未因此而停步，不断思索，也不断将这些点滴收获融入办报的实践中。

后来我认为，"我"或许本无大小之分，《我》作为一份手抄报，只有关注自己这个个体内心的成长，才有存在的价值，其他都是虚的。

2016年1月，在出版了总第75期之后，《我》休刊。此后，我开通了公众号"杂览"，承担起这份手抄报的功能。

2005年秋，我编印了手抄报《我》十年合集《纸上读我（1995—2005）》。

2018年秋，我编印了手抄报《我》第二辑《纸上读我（2005—2016）》。

一期手抄报，凝结了一段时间里我的经历和感受，七十五期手抄报依次排列，便串联出我那二十一年的青春岁月。过眼那一期期报纸，仿佛检阅了自己的成长，五味杂陈。

爸：

最近走访了在郑的几位老乡，感触颇深。苏秀珍已经订婚，虽然工作倒也顺利，但年后能否继续下去尚在两可。二玉原来所在的单位，新华糖酒公司因债务问题和贵州醇厂摊了官司，最终败诉，被判支给酒厂400余万元，那个公司便大量裁员——我找到她时，她已"待业"，又不愿出门找新的工作。我总担心，她的郑州生活要到此为止了……

村里那批一同出门的，就将只有我一人在外。

我在三联书店的发展还算可以。自己摸索，学着放弃，试着更新，天性的正直诚实加上努力，给领导的印象倒还不错。前几天张经理来天然检查工作，对我配的书表示满意，要我进一步熟悉书，将来在订书时取舍有度——他是有意让我调离天然，加入明年组成的业务处了。我向他推荐了能够顶我之缺的人选。张经理对李义也很欣赏，准备将其提拔，我自然也很高兴，那毕竟是我举荐的。总之，在家乡人关注的眼光里，我只会走得更稳健，更扎实！

自己的业余爱好也有进步，其中就有刚刚写成的《心中的祖父》，准备修改一下交给报社发表，作为给爷爷的生日礼物。时令已是初冬，爷爷、爸爸、妈妈要保重身体。

向全家人问好！

三儿　国兴
1996年12月9日于郑州

国兴：

11月19日的来信收到。因工作忙，没来得及及时回信。今回函致歉。

本来决定11月23日去北京、天津、沈阳，因故没能成行。今天夜里从月山车站坐火车去上述城市一走，主题：为医院购置救护车。产地：沈阳市。品牌：金杯牌救护车。时间：约十天。

家里情况一切安顺。你二哥的房建工程已基本结束，近期内可搬入新居。你姑母的房建工程主体结束，可望春节后迁入。今年家里的钱主要用于两座房屋建设，因此，不太宽裕。好在你这半年没有再向家里要钱。

腊月十八是你爷爷的生日，你能否回来庆寿？可回信说明。你爷爷对你抱有很大希望，你是他的精神寄托。希你理解。

好了，等我回来再谈。

父签

1996年12月11日下午于医院

爸爸如晤：

来信收阅，得知全家一切安好，儿心稍平。

我的工作岗位调动了，由天然支店到郑州三联书店的总店。这几天正在办理交接手续，不日就走马上任了——还是店长。工资由原来的每月420元，升为600元，另有夜班费、奖金。我也将在那儿住，自然不必为住宿费操心。同为店长，正如张经理所言："对你的期望要比以前更高！"那是自然，那儿是郑州三联书店的门面，经营的品种层次更高，接触的读者层级也较高，我会从头再来、继续提高的。

天然支店由原来的一个领班贾先霞负责，就是上次爸爸及妈妈来印象很好的那位。此次变动极大，近一半人被裁，剩余的也全天候地服务，为的是加重压力、加大危机感。郑州的待业人员、下岗职工日渐增多，社会问题日益复杂，在这个环境下，我的工作的确值得珍惜了。

发了工资，买了衣料，让裁缝给量身定做了一套西装。"这才是我们的店长"，店员们都说。这才更加体会了包装自己的重要性和必要性。从此，就请家人特别是妈妈少费心我的衣着了。

又到年底，心里还有许多话要说，这一年的变动让我放弃了不少又得到很多。留到下封信详谈。

李义在紫百支店度过试用期后，调到郑百支店做了领班组长。

如果方便，打电话联系也可。不提。

冬至已过，天已渐冷，请爷爷保重，向全家人问好！

爷爷生日时我说不准能否回去，到时再看着安排吧。爸的北京、天津、沈阳之行一定顺利了？

祝老爸

好！

三儿　国兴
1996年12月23日夜于郑

国兴：

你12月9日的信，今收到了。

正是你发信的那一天晚上，我们一行四人在月山乘火车，赴北京、沈阳之行；第二天（12日）上午十一点半，到北京西站（新火车站），下午在北京站（老火车站），乘去长春的特快列车；13日早晨七点多，到沈阳。

一路旅途顺利。在沈阳陆军总医院的金利宾馆下榻。我曾给你介绍过的书法家池继林，是陆军总医院的秘书。承蒙他的热情招待、接风洗尘，一顿招待餐花去几百元，住一宿（双人）150元，享受了高级消费。

本次旅行花了几千元，主题工作突出，购置救护车事宜顺利，于12月17日正式从沈返回。途经葫芦岛、秦皇岛、唐山、北京、石家庄、邯郸、安阳、新乡等城市，过了关（"天下第一关"山海关），看了海（北戴河海滨浴场），进了京（登天安门），买了车（金杯救护车）。这次旅行的特点，还有一个好天气、好运气。路过一些名胜古迹，如蓟县东陵系列景点（是清朝皇帝顺治、乾隆以及慈禧、慈安的墓地），四处参观。

国兴，好好干，祖国的大好河山等着你们年轻人去参观去游览。从你的来信中说明，你现在的处境还可以，只是提到你又要转战他处了，那么你的确切地址呢？上月8日我和你妈去，差点见不到你。现在又要走了，想来一定是管更多的事，负更大的责。当然，立足郑州向全国发展，也无不可，只是万事开头难，要冷静头脑，热情似火，多听听，多看看，多想想，多干干。

你二哥通过一年奋斗，新房落成，于农历十一月十六乔迁新居，你爷给他们去暖房了。我给你爷花了一二百元买了一台电暖器。当然，这只是物质上的享受，他看到你发表文章，一定会在精神上得到更大的安慰。

全家老少人等健康祥和,希勿悬念。

父签

1996 年 12 月 24 日于医院

1997

　　小牛姑娘比你小两岁,你们有心通过恋爱,结为百年之好,这要求你在生活、工作、学习、感情多方面予以照顾。我和你妈成婚后,几十年从没有红过脸,更不要说吵架、打架等不文明行为。当然,男人女人都有思想,有主意,会说话,懂感情,意识形态领域的种种认识随着人们长期生活实践而融洽,或者分道扬镳。

爸：

今天是 1997 年元旦，首先祝您在新的一年里"步步为赢"！

坐拥书城，这个词颇能概括我现在的处境：工作在前厅，顶天立地的满架子书；休息在办公室，隔壁就是门市小仓库——一屋子书。但自己从事的还是服务商业，是促成商品向货币"惊险的一跃"，守书不是目的。

今天我休息，终于有闲和家人回顾 1996、展望 1997 了。在年初，我曾制订了 1996 年的三大任务：努力工作、继续自考、发展爱好。和实际的生活相比较，怎么样呢？3 月初万替的解体，成为我进入三联书店的一个契机；自考在 4 月受重挫，加上别的原因，最终也放弃了；只有自己的业余爱好仍发展着，经过半年多乃至十多年厚积，到下半年终于薄发……

这么总结似乎有点不负责任，待下文详述。

有关工作。1996 年 3 月 28 日正式进入三联书店，先在仓库熟悉一月有余，4 月 30 日到新成立的天然支店营业并负责，年底 12 月 25 日到总店任店长。可以看得出，领导是比较赏识我的，工作踏实，勤快，有头脑，以至于我比谁升得都快。但我也有缺点，有时疏懒、浮躁，管理人员方面缺乏技巧，以致影响自己的前途。"野虎登山"之说成为泡影便很能说明问题。但从另一个角度看，登山受挫未尝不是好事，不提。

有关学习。从表面上看，放弃自考的直接原因是，4 月 27 日张经理的观点与 7 月 12 日天然商厦同事乔玉娥的论断，及 6 月 8 日得知自考三门全军覆没的结果，但内在原因却是，繁忙的工作已不容自己静心啃书本，应付一轮又一轮的会战。这样也好，从书本转移视线到生活，也的确学习到不少东西，难以备述，略。

有关感情。本年度曾有三次大的感情波动，但终能把握住自己，走出浮华的表象。目前，尚未有真正意义上两心相悦的对象。

有关文学。这方面我的日记中记录颇多，但于家人似乎不太重要，摘要录之。1996年上半年练笔仅限于日记，到11月，方有《有一个朋友是你》《心中的祖父》《找路的人》三篇新作问世，倒还比较满意。虽然写得少，但都体现了"我手写我心"的信仰。热爱文学，我得到远远超出文学的收益，其中就有因之而交往文友，拓展了自己的深度和广度。和写《独行者独白》的张爱玲联系上，最大的受益处乃是给予自己的幸福感和不孤独感。二十二岁生日时加盟《天然报》，也试了几刀，有《人在天然》《沐浴父爱》《女友三种》三文成为铅字，使之成为继《中原建设报》后又一任我驰骋的原野。

有关生活。终于学会料理自己，皮鞋、套装的包装下，我也才是在省城混事儿的年轻人！不必再让家人尤其是妈妈操心了，老大不小的自己。

回顾结束，该看看前边的路了。倒叙。

生活上。看书不用花钱了，住宿不用花钱了，工资倒还涨了不少，吃的方面一定要加质加量，穿么，量力而行，干净、合身即可——我还求什么呢？

文学上。不放弃《中原建设报》和《天然报》，并开辟新的领域；手抄报《我》继续办下去；写作定是戒不了的，但为求量舍质自己也断然做不到，顺其自然好了。

感情上。无话。

学习上。自考是不会提起来了，暂时挥别。对生活的学习——做有心人，无他。多读书，拥有这么一个好的环境，书呆子的良好培育基地！

工作上。发扬优势，弥补缺点——具体操作，每日日记中去检讨。

记完才发现有点头重脚轻的感觉，也许对未来，我们只能指出一个大致的方向，未来的模样究竟如何，还需自己一点一滴的汗水去浇铸——那么，看行动吧！

写到这儿。向爷爷、妈妈及全家问好！

祝

新年新心情新收获！

三儿　国兴
1997年元旦于郑州

【旁白】

1996年4月27日，张经理对我说："怎么凡是想学点什么的年轻人都考这个（自学考试）？我就认为考这个没有用处！"

1996年7月12日,乔玉娥对我说:"你学的已经够多的了!你连自己都养活不了……"

虽然自学考试曾带给我逃离复读命运的机会,但时间与空间已变,我不得不与它挥手作别。

信中提及的张爱玲,当时是黑龙江省安达市的公务员。

1996年5月,因为《独行者独白》深深地打动了我,我经由《中国青年报》陆小娅,问得张爱玲的地址,和她接通心灵。

和张爱玲通信之后,我依然不断地追读着她的文章,但这到底是单方面的叙述,相比之下,我更珍视那些信件,其中许多言语已经融入自己的生命。

"我知道你和我一样,是个孤独的人,同时也是个幸福的人。作为个人,我们的力量是微不足道的,我们甚至太软弱无力,但是至少我们能够把握自己,完善自己,做自己喜欢的事情。奋斗着的人是幸福的,做自己喜欢的事情的人是幸福的,你兼而有之。祝贺你!"

"这个世界上大多数人都如你如我,是很平凡的人,这没什么,只要我们不甘平庸。一位大作家说过,大狗叫,小狗也得叫。我就是只小狗,向上苍发出自己的声音。"

"国兴,不只是你,每一个人的生活或者大多数人的生活都是程式化的,关键的是不要让心灵程式化,让它更加丰富和宁静。前一阶段,我的办公桌下面一直压着一个小纸条：抛却浮华。看见它我就提醒自己尽量静下心来，不为外界的热闹所动。"

时隔多年，再次翻阅张爱玲的来信，我的心中依然有最深切的感动和感激。这些话看起来很平淡，但对那时的我而言，却有着醍醐灌顶的功效。诚如她所说，我们是平等的朋友，可是在交往的前期，生活带给我的迷茫和脆弱的时刻，一定程度上，是她这位过来人指点迷津，伴我安全度过的。她扮演了一个知心姐姐的角色，倾听或者倾诉，一样暖心。

国兴：

元旦来信收阅，内情已知。

你的1996年总结、1997年展望写得还好，基本上算面面俱到了。我为你的总结是"勤奋、求实、团结、上进"八个字。

希你能像周恩来总理赞美的莲藕那样，出淤泥而不染，洁身自爱。在省城混事儿，和各种人打交道，要像你说的那样，"步步为赢"，还要见机行事，也叫随机应变吧。

从1996年这一年的发展情况分析，你的总体情况是好的、进步的。从进入三联书店，到你的上司对你的赏识，是有一个过程的，但你的过渡比其他人快，这一点，足以说明你的工作顺利、前程辉煌。

你爷腊月十八生日，希你能调休一两天，并借或买个便宜的

135相机配彩卷，以永久留影纪念。你是你爷的精神支柱，如能在寿诞时见到你，当然可想而知。理解万岁。不过，你爷不主张一定要你回来，他说你很忙。

忙你的吧！

父签

1997年1月9日

【旁白】

1997年1月9日，我给家人寄了一份1997年1月7日出版的总第181期《中原建设报》，并在报头上写道："爷爷及家人：请爷爷参阅第四版孙作《心中的祖父》。祝爷爷生日快乐、永远幸福！"

爸爸及亲爱的家人：

现在是牛年正月初一凌晨一点，又是一年新的开始，我祝全家身休健康、牛年大吉！

今年的春节我在郑州过了，这是儿有生以来首次在外过年，真是别有一番滋味！刚刚从薛总家回来，看了1997年CCTV春节联欢晚会，和他一家共聚。正如某位名誉店员所说："农业路门市往年春节放假是个失误,是不小的损失!"年前节后,这儿的营业情况特好,假期也摊不上了。本想除夕就这么平淡地让它过去,忽地接到薛总的电话:"来家里一聚……"

我们提前十天发了工资,我是基本工资、津贴、加班费、误餐补助、奖金共收了 996.80 元,另收红包 400 元。本想给家人汇回去一部分,又一想,还是自己先存起来了。

快件一封,附生活照两张。一张是农业路门市三人合影,一张是三联书店各店店长与经理们在仓库的合影。前者不多说,后者张俊鹏、郑力二人为经理(薛总不在),五位店长也互有调动,不提。

写到这儿。祝爷爷、爸爸、妈妈及其他家人新年幸福!

三儿 国兴
1997 年 2 月 7 日于郑州

【旁白】

从这一年开始,在郑州三联书店的五个春节,我都是在工作岗位上度过的。

当时郑州三联书店有两位名誉店员,一位是訾向彤,一位是胡凌蔚。他们在本职之外,不计报酬地热心于书店的事业。此信指的是訾向彤。

在我对郑州三联书店的第一印象里,最突出的是镶着镜框的学人照片，而那就是喜欢摄影的訾向彤翻拍冲洗的。

由于家在河南农业大学家属院，距离农业路门市很近，訾向彤经常到店里检查指导。

说实在话，工作在他的阴影下，有时候我会感觉很不舒服，甚至生出厌恶感。对没兴趣的书不了解，副本上架不及时，卫生打扫不认真，等等，都会被他训教，我一度找不到自信。

实践证明，他都是对的，他鞭打我的懒惰和无知，应是爱之深责之切吧。这让我在很长一段时间，形成了一个习惯：做某件事时，我会想想如果他见了，会是什么态度。

有一天，由于新书来得太多，我将"中国翻译家自选集"丛书，从原来的中国现代文学专架移至外国文学架上。不久，他来店里，转了一圈，发现了这个变化，问我是谁的主意。我忐忑不安，说出了原因和自己的理解。他竖起大拇指，同时也竖起了我的信心。

后来，我由店面来到办公室，从事采购工作。訾向彤有时也会参与其中，比如和我们同去北京参加图书订货会。

一次订货会间隙，我们闲游大栅栏，他问我："出来也不给小牛买个东西回去？"

小牛即牛桂玲，当时也是郑州三联书店的店员，我曾经的部下，现在的爱人。

于是，我问得小牛的鞋码，准备在内联升鞋店为她买双鞋。内联升鞋店不仅仅卖内联升牌的鞋，而其他牌子的鞋价钱略低，选购时，我一时拿不准该买哪种。

訾向彤说："这就好比郑州三联书店，卖三联书店的书，也卖其他出版社的书，我不敢保证其他出版社的书都很好，但三联书店出版的书总是不错的。"

因为他的话，我下定决心，为小牛选了一双内联升牌的皮鞋。

再后来，书店进了不少新人，訾向彤渐渐淡出了书店，也远离了我的视野。我对书店的变化无所适从，最终也作别了郑州三联书店。

一晃将近十年过去，我再没有见过訾向彤，只是偶尔从朋友那儿听到他的动向：他结婚了，他有儿子了，他……走了。

2009年3月27日，从弛安那里得知这个消息，我颇为诧异，訾向彤才不过三十八岁啊——原来是肝癌带走了他年轻的生命。

"相见亦无事，不来常思君。"弛安说，前一段还和俊鹏提起，很久没见訾向彤了，回头找时间聚聚呢。

我说，如果訾向彤是位名人，记者一定会写，他的离世，象征一个时代的结束……

我至今还保留着一幅訾向彤翻拍冲洗的弘一法师的照片，再次取出观看，不禁"悲欣交集"。

梁文道在悼念罗志华的文章中说："过了两天，和朋友谈起你的事，我认真地对他说：'无事常相见。'

原来我们这么快就走到这个年纪了。"

是啊，原来我们这么快就走到这个年纪了。

爸爸：

仝家好！

我遵循家人指示，已于今天将工资中的 700 元存在银行里了，定期半年。冬天是贮藏的季节，我趁着这几个月的工资比较集中，存到银行，到困难、急需之时再用。这是我有生以来第一笔存款，在学生时代也存过几次活期，但钱都是家人的，不能算在内。

原来农业路门市过年都要关门几天，我原想可能要将我派往哪个商场加班的，到最后门市也不停业了——还是坐镇于此，也好。万家团圆的六天假期里，三联书店连锁店捷报频传，各支店都卖得特好，门市也创了历史最高纪录——1.2 万余元。其实无所谓"历史最高"，先前这几天都不开门，营业额为零的。

第一次在外过年，没有一点经验。年前在报纸上看到报道说春节市场红火，想着到时一定不差，便没有存储多少东西，真到了年头，已是弹尽粮绝，可菜农米贩们都返乡团聚、人去街空了！幸而领导同事关心，带来百般温暖，让我渡过难关，真正吃"百家饭"了。

城市里过年没一点意思，学生、打工者抽去了城市的生气，街上冷清得很，只是工作繁忙，我没心情咀嚼这一丝忧伤。

写得文绉绉的，先到这儿吧。

祝爷爷、爸爸、妈妈健康！全家平安！

三儿　国兴
1997年2月16日夜于郑州

国兴：

你正月初一的信及照片收阅。很好。

为了使你妈高兴，我说："素清，快来看，国兴和他媳妇的照片寄来了！"你妈在和面，伸着一双面手，叫："高高，快给奶奶拿眼镜来，叫奶奶看看！"那其实是你奶奶一元钱买的老花镜。从照片上看，你牛年初一在郑州过得别有风味。你和你的上司张俊鹏在一起，看来你们个头差不多，都在一米七以上。向你及你的同事们致以春节的问候，辛苦了！

今年春节，是你有生以来经济效益最好、过年最实惠的一年，是一个值得祝贺的新年。"牛马年，广收田"，预示着丰收和希望。相信你在新的一年里会更加珍惜事业、努力工作、尊重领导、团结同志、共同前进的。

今年春节我也领到了 1 600 元工资和各项补助，加上你爷节前卖了两头猪的 1 200 元，加上你的近 1 400 元，全家四口人（不包括你大哥、二哥家）总共 4 200 元，这年过得还算丰盛。当然还有一些储蓄。这样我们全家奋斗几年，总要有几万元吧，为你的婚礼准备。注意：成由勤俭败由奢！

好了，有机会去郑州看你。

父签
1997 年 2 月 18 日

爸爸及全家：

有一段时间没给家人写信，也没有收到家人的来信，心里好像缺了点什么。今天给家人问好。我一切都好，勿忧。

今天又是发工资的日子，三儿得到 1 000 余元工资，仍存款 700 元。2 月全店员工普遍拿到较高工资，因为年前年后营业较好。有店员甚至取得 1 300 元的奖金（超任务 10 万元），令非营业人员眼红。我们拿得多，但与辛劳相配，一天工作十二小时，每周休息一天，哪比得其他部门清闲？

过年时我向表姐夫刘兴松拜年，给他留了电话号码。前几天他来电说，他正和郑州唐都宾馆协商，准备租下此宾馆，自己来经营，现尚未有结果。唐都就在农业路东段，那儿离原来的万替不远，三联书店也很近。我在想，假如他真能如愿，家人来郑也会方便多了。

先写这么多吧。

儿一切顺利，请家人放心。感情上的事，仍未有着落，但有预感，她总会在今年有谱的。

向爷爷、爸爸、妈妈问春安！

　　祝

家和人兴！

三儿　马国兴
1997 年 3 月 15 日于郑州

国兴：

　　前两天在电话中你说的信，于 3 月 19 日收到。

　　为你高兴，因为每月能拿到千元以上薪水，并每月储蓄 700 元，这将为以后的日子能更好过打下基础。你工作上干得很投入，我及全家人等自然就放心了。

　　信，邮来后全家老小都要过目阅之。这封信中提到的感情问题，尤其是那个她，大家都觉得，你再来信时一定要写详细点，我们可以参谋参谋，或品评一下。需要提醒你的是，不要想入非非，也不要不切实际，要掌握理智来对待情感，实事求是地对待婚恋，才能结婚以后更幸福，生活更甜蜜。选对象不但要人才美，更要心灵美，通情达理。你能帮助她，她能支持你，就好。关于这些，不再赘述。

　　因为可经常通电话，因此，春节后这一个多月也没给你写信。当然，我的工作也很忙。这两个月的工资开了 2 000 元，为你二哥盖房借钱还账了。

家里一切都好。希勿悬念！

父签

1997年3月20日

【旁白】

我在门市那一年多，每月都会超额完成销售任务，奖金不断，多少而已。加之住店值班，省了租房支出，每月还有90元的值班费，我在经济上略显宽裕。我很知足，当时月均900元的收入，自称已经"步入小康"。

相对于这些，拔节成长的痛苦与快乐，更让自己记忆犹新。

说到底，书店属于服务行业，其所有的工作都归结于"服务"二字。

"竭诚为读者服务"是生活书店创办者邹韬奋先生提出的理念，后来为三联书店所继承——北京的出版社如是，各地的分销店亦然。

当然，喊喊口号容易，难的是实践。首要的问题，就是必须熟悉自己的业务，否则，服务便是无根之木、无源之水。

业内有个流传甚广的笑话，说是某书店员工将

《钢铁是怎样炼成的》归入"科技类",将杨绛的《洗澡》归入"生活类",让人大跌眼镜。

事儿有点极端,未必确实,但是理儿很明白,听者难以一笑了之。初入书业的人,谁没犯过类似的错误呢?

当年我把顾毓琇的"毓"念作"流",就曾被读者训教。还有一次,一位读者问起一本书,说是"新近出版的解放初在中山大学任教的学者的传记"有没有?我一下子晕了,幸好有老店员在,判定为《陈寅恪的最后20年》。此书眼熟矣,是当时的畅销书,唯因自己没有翻过,不解其详,以至于差点与此单生意擦肩而过。我汗颜不已。

尴尬之余,我不得不深入钻研。下了班关上门,这儿便成了我一个人的书店。我从书架上抱下一大堆书,恶补猛读——读是说不上了,是看,是翻,翻前言后记,翻精彩段落,稍做笔记。"风吹哪页读哪页",这是对我那段生活浪漫的表述,而真实的感受是头昏脑涨,往往不知不觉沉沉睡去。

时日既久,我对书店里的书都已略知一二了。举个例子。我在翻了一遍商务印书馆"汉译名著"后,顿悟:原来这一系列的书脊颜色并非随机选定毫无章法的,蓝色归纳的是经济学名著,绿色涵盖了政治法律类图书,而橙色,聚合了哲学美学的经典!

在功利目的之下翻书,我得以迅即"博览群书名",对于日常营业,基本上是游刃有余了。

某日，一位读者询问书店是否有《神·鬼·人》这本书。那是海南出版社出版的林语堂的作品，如今已售缺，但我知道那是本写苏东坡的传记，恰好作家出版社"林语堂文集"里的《苏东坡传》有货，便推荐给他。于是，我们的销售额便增加了24.30元。自己颇有成就感。

类似这种情况，还有不少：《苏鲁支语录》其实就是《查拉斯图拉如是说》，而《国富论》现译作《国民财富的性质与原因的研究》，苏雪林笔名绿漪，书店里其作品不止《苏雪林文集》一种，还有《绿天》……

这么多年过去了，我依然如数家珍，依然可以体会到当初那打通任督二脉般的欣喜。

亲爱的爸爸及全家：

收到家书正值仓库盘点，我在那里加班，以致拖到现在才回信。

前几天在门市营业时，偶见1994年和老舅同住豫组宾馆的李铁文。据他说，老舅已经到郑，正筹拍早几年已写好的电视剧。联系了几处，均杳无音信。又一天，诗人高旭旺来三联书店买书，和他说起此事，他也有耳闻，相约有消息再联系。据高说，老舅的电视剧剧本来列为省1995年"五个一工程"重点剧目的，但和另外一部相冲撞了，只好另改他年。如今我尚无老舅的消息，待机而行吧。

门市近几个月的销售呈递增态势，3月更是卖出了7万元的历史纪录（均比其他店高），原来给我们定的任务是每月3.22万元，超额部分3‰提奖金，如此算来，我们三人的奖金为数不少了。我因为去年的种种经历，便不再有张狂之势，力戒浮躁，给别人面子，也给自己台阶。从4月开始，已进入商业的淡季，我们总有下坡的日子。相信我总会处理好这些事情的。

先于此信寄去那份刊物，是我约同学代办的，上面有我的《感受郑智化》。爸爸心明，那又是写与叶田的交往的。但那是旧作，发出来较晚，请家人不必担心我现在是否仍沉湎其中。

我说1997年在感情上将要有谱，也只是自己的预感，目前尚无实在的对象，所以不能供家人品评，引以为憾。

写到这儿。

问爷爷、爸爸、妈妈安！

  祝

爸工作顺利！

全家一切好！

三儿 国兴
1997年4月2日于郑州

国兴：

你 3 月 24 日从郑州花园路邮来的《流行歌曲》，已收阅。

其中有你的一篇文章《感受郑智化》，立意、笔法、思路、感受，写得比较周到。但从文章中使人感到，你在感情的关键时刻，不能立马冲锋、突出主题，以致自己被动。我想，将来你会理智地去把握它，突破它，更好地左右它。

"清明时节雨纷纷"。近几日天气多阴雨。昨日你妈去东界沟为你的外公外婆扫墓祭奠。今日又有小雨。春耕很忙，你二哥家在备耕种菜。同时，村里在修柏油马路，每人派有土方任务，从村北的新济公路拓宽到村中的乡村道路，均已平坦宽阔。天阴下雨道路泥泞的时代，一去不复返了。

刊已收到，没见来信，刊中也没一纸半页。希来信说明一些你的近况，以了悬念。

明媚的春天将是快乐的。

父签
1997 年 4 月 3 日于医院

亲爱的爸爸及全家人：

您评价《感受郑智化》及儿子的作为很中肯，我无话可说。刊物是托同学代寄，邮件里是不允许夹信的，我后来写的那封信,现在大约您已收阅,不提。

又发工资了,基本工资加奖金加津贴加……共计 1 188.50 元,是全店最高的。农业路门市上月的销售最好,奖金每人 373 元,也是全店最多的。又存款 700 元整。附一张工作照,以解挂念。

在门市住了三个多月,没有看多少书,前一段主要是将业余时间用在写回忆录上了。不写出来这几年的心路历程,仿佛静不下心做其他事,而如今写完了,便专心于工作、学习和生活。有机会的话,倒想让爸爸看一下它,让家人了解一下我的所思所感,并给予指导。这要等我什么时候回家再说了,也不远的。

先写到这儿。

春天的确美好,向爷爷、爸爸、妈妈及全家问好,祝平安!

三儿 国兴
1997 年 4 月 15 日于郑州

【旁白】

《感受郑智化》原名《找路的人》,发表于《流行歌曲》1997 年第 4 期。

同学刘秀成当时在那家杂志社发行部工作,此文是我应其之约,为新设栏目"我与歌的故事"而作。

那时,编辑对郑智化的这首同名歌曲很陌生,说是要听一下感受感受，我还专门送了磁带过去。发表时，编辑嫌标题平淡，更为现名。

后来，此文编入《书生活》一书时，我恢复了原名。

国兴：

前后收到你 4 月 2 日及 4 月 15 日的两封来信，对你的近况已有所了解，对你的悬念变为自豪，为能有你这样有出息的晚辈而高兴、而骄傲。

也不枉你十年寒窗读书用功，今有收获，每月有千余元的薪水，对你立足郑州、图谋发展是很好的经济保障。试想，如果没有这笔收入，那将是一番不可思议的景象。

我们每月 10 日发工资。本月我领到 1 057.88 元，还了上月透支的 550 元，交给你妈 300 元，自留 200 元作为生活费，所剩无几。为了这个美好的家，每月爸的工资收入，都在全家政务公开，开诚布公。因此，全家人中爸作为中流砥柱，承上启下，心底无私天地宽。

你已经成材了，只是需成家。只要克勤克俭，每月能积蓄你所定的数额，时间长了，积少成多，用于你的婚事，这也是我们家庭的一部分。相信你会好自为之。现在，我们家又多了一个能挣钱的人，这就是你。这也是你爷爷在你身上所寄以的希望，今能如愿，是预料之中的事。相信你能处理好和你的上司、下级、周围同事的方方面面的关系的。

如有时间能调休，从郑回家看一看，到同学、朋友、亲戚家走一走。父老乡亲的关系也需要照顾一下，密切一下，不然，你就成为神秘人物了。当然，你现在工作很投入，甚至牺牲了个人感情、爱情，包括亲情……

爸为有你这样的儿子高兴。

爸愿为儿子进步成材喜欢。

父签

1997 年 4 月 22 日

爸：

您的信，儿今日收阅。儿准备 5 月初回一次家，见面详谈。

今先寄上一寸照片数张，请爸爸帮儿再办一个流动人口计划生育证。原来那个找不到了，而现在郑州又查得紧。您可先到乡计生办领取一个证件，让其填上一些内容，再让大哥上班时，拿到县计生委流动办盖个钢印——我 5 月回家去取。

如果有其他要求，爸可来电告知。

先到这儿。

问全家好！

三儿　国兴

1997 年 4 月 24 日夜匆

亲爱的家人：

我于5月6日下午六点顺利到郑，请家人勿忧。一路上，我见地里的小麦大都成了"半倒体"，不知家里的麦子如何，是否影响机械收割，又要减产了吧？

15日发了工资，存了500元，又添置了一套夏装。

说来惭愧，身为焦作人，尚未去过修武的云台山，而不久我便能成行——下周，店里要组织去那儿游玩。详情后叙，不提。

我这里一切都好，请家人放心。也有心情低落之时，但几年来的锻炼，已使自己学会了心理调节，没什么问题的。

祝爷爷、爸爸、妈妈健康平安，全家一切好！

三儿　国兴
1997年5月18日于郑州

国兴：

你5月18日来信收阅。你平安到郑，我全家放心。不见你的来信，即通电话了解情况，很好。

本月我领到1414元，交给你妈500元，你姐500元（买了一辆天津飞利浦自行车），清理药费生活费用200元，所剩只有200多元了。

修武云台山，山水云雾，景色宜人。我们去过两次。你心情不好，可去旅游，以解忧愁。

要搞好上下级与同事的人际关系，克服烦恼。

家里小麦生长良好，没有倒伏，今年又是丰收年景。

父签

1997年5月24日于医院

亲爱的爸爸及全家：

家人的信已收阅，勿忧。

此时正是三夏大忙，我也在自己的岗位上收获着。刚刚进行了全店一线员工的业务考试，农业路门市整体水平较高，只是门市第一的我（88分）与全店第一（商业支店的邢国红店长90分）尚有差距，效仿北京国安足球队的口号，"门市永远争第一"，看来还得喊下去了。

业务考试主要分四块：店史、珠算、答读者问和对书的熟悉情况。这是对每一个一线营业的职工起码的要求，但对于一个店长来说，除了这些，还有更高的标准，那就是管理人、财、物，其中又以人为重。

可能与我的个性有关，虽然处在店长这位置上不短时间了，可一直严厉不起来，仅仅是个优秀的店员而已，离合格的店长尚有需修炼之处。老好人弄得店里一团糨糊，这样对店（影响形象）、对我（不利自我发展）、对店员（阻碍她完善自己）都有害处，不如严格起来！

几个月之后，看一个崭新的我！

向爷爷、爸爸、妈妈及全家人问安！

丰收！

三儿　国兴
1997年6月4日晨于郑州

【旁白】

显然，业务学习仅凭个人自发摸索是难以持久的，还需外力不时督促才好。

那两年，郑州三联书店不定期要举行店员业务考试，总分为100分，内容如下：作者作品和四道读者问答，各占40分；店史和珠算，各占5分；打包，一项两种——大包"井"字双道捆扎带提手，要求四十秒内完成，小包"十"字一道捆扎，要求十五秒内完成——各占5分。

相应地，有奖惩制度：以60分为标准线，对于不及格者，每少1分扣5元，并提出警告乃至劝退；超过80分的每分奖励5元，超过90分的每分奖励10元，另奖一本书。

所奖图书，多以提高业务水平的工具书为主，比如我手头这本《中外作家作品简表》，上面加盖有书店公章，并写着一句话："业务考试成绩优异，望继续完善自我，竭诚为读者服务！"

就算是为了应付考试，书店里也充满了学习的风气。有谁发现了"新大陆"，诸如作品别名之类，随即与同事分享，说不定哪个读者一会儿就问到了呢。

那时店里还没上电脑，不过，副本还有多少，在哪个柜子里，大家基本上一清二楚。

然而，即使是业务水准日夜精进，也很难说就能做好服务，依旧马虎不得。我珍藏着一本学林出版社的《中国人》，翻开此书，扉页上面写着一段话："余本来已于前年购得此书（沪），因带至渝阅读，又工作变换至郑，书籍及杂物由他人寄回石市，却由于一些令人不悦之因丢失殆尽，甚为心痛。今在郑之三联重购此书，甚喜、甚喜！心远1997年6月2日。"

再翻一页，还有一段，不过字体已变："余从未购得过此书，三联已是旧知，故地重游，一时冲动见是好书便动买意未得细览居然夺人所爱，幸'书非借不能读矣'，只当借吾心远兄一书罢了。1997年6月17日。"

后面幽默的书友最终还是没能借读"心远兄一书"，因为里面尽是白页，和心远一样，他也到书店做了调换。

半月内竟将这本残书二次售出，虽说是无心之失，足以让我无地自容了。我没有将其退回出版社，而是购之珍存,每每浮躁之时,取出翻阅,以作镜鉴。

服务无大事,服务亦无小事。安敢掉以轻心乎?

国兴:

上月6日你回郑州,一月有余,近况可好?心情如何?云台山旅游成行否?有啥不高兴的事儿?念及。

这一个月以来,在家乡农事繁忙,收麦种秋一年一度。不过,今年家里收麦没有磨镰,全部机械化作业。丰收了,比去年小麦打得多,收获质量好。因我镇发展蔬菜生产,建大棚,在调整土地的基础上,我们只剩下五亩粮食田,平均每人半亩。

又发工资了。5月我的工资为1 277.02元,交给家里500元。这两个月结余1 000元,支援城里你香姐家了。

随信寄一张工作照片,以资纪念。

工作、生活、学习顺利时不要忘乎所以,困难时要学会克服。

信中再见。

父签

1997年6月12日于医院

爸：

　　收阅您的来信，推测我于 6 月初寄的信是给弄丢了，或尚未到达您手中。那封信我夹寄了一张我在云台山的照片，请注意查收。

　　本封信附寄儿在郑州烈士陵园的留影。那儿也是京南学院第一教学部、申志敏的母校所在地。我找小敏，她的同学却说，她在考试后找了临时的工作，并已搬出校园租住。学自考的人，大都有种被欺骗的感觉，在跳出家门的愿望达成之后，便也离开跳板似的学校自学。这本无可厚非，问题就是能否把握住自己，顺利完成学业。在电话里，我建议她目前以学业为主，至于具体怎么做，还是由她了。不知家人以为如何？

　　我这儿一切都好。我回家那几天算调休，上月为全勤，得了包括奖金在内的 900 元工资（全店仅农业路门市一家有奖金）。有了爸爸的教诲，我更会做到公私分明的。存款 400 元。

　　先说到这儿。

　　向七旬的爷爷及知天命的爸爸、妈妈问安！

　　祝全家平安！

三儿　国兴
1997 年 6 月 17 日于郑州

国兴：

来信收阅，包括你云台山旅游照片也先后收到。前后两封虽隔了近一个月，但收到却前后相差两天，不知在哪里压了一些时日，不过，总算都收到了。

看了你的来信，你爷爷一直说你考了第一名。我给他解释，说邢国红第一名。你爷爷说，马国兴、邢国红都是国字辈，差不多的。但愿你们一个个都是好样的。

治国之道，亦文亦武，有张有弛。工作也是如此，有劳有逸，劳逸结合。5月调休回来一下，得以全家共聚，同享天伦之乐。虽然冒雨赶车，前往郑州，俗话说，"要想富，雨泼路"，不是证明了这个道理吗？云台山照片很自然，脚前眼下又是"孔方兄"铺路，天地间，人为中，顶天立地，背景大山，靠依擎天柱。照片立意好，体现了旅游的幸福与欢欣鼓舞。烈士陵园照片，说明了一个新时代的青年人毕恭毕敬的情怀，是革命先辈抛头颅洒热血，长眠九泉之下，为建国立业不怕牺牲，得以后人敬仰的感人肺腑的一个缩影。这两张照片的立意、取材正确，内容丰富，令人回味，很好。

以后有机会要走出去，到祖国的名山大川去领略大自然赋予人类的美妙，到社会各个阶层人群中去体验生活中的七彩光环。

现在，家里麦收结束，已获丰收，正在抗旱保秋苗。一家老少人等均告平安，身强体健。希勿悬念。

信中再见。

父签

1997年6月25日于医院值班

亲爱的家人：

今天是儿二十三岁生日，生日快乐的我遥祝全家平安！

儿的生日，即母亲的受难日。当我看到同事赠送的自制贺卡上的话："感谢母亲，赐予我们生命！"感动不已。妈妈及家人，国兴自有国兴的报答。

书店有五六个人在7月过生日，也都在这几天，其中包括明天生日的张经理。先前说到此巧合事，张要我到时提醒他，大庆一番，而前天店长会上，他听了我的提问"生日怎么过？"时，轻描淡写一句："平平淡淡地过呗！"我也准备在工作中让今天自然流逝，晚上么，和李义等要好的同学聚聚即可。

也许爷爷先知，7月初的业务考试，农业路门市取得了第一，个人第一是我和手下小贾，同为89分，另一位部下小牛也取得84分。以后这样的考试每月一次。反正，对于无根生活的我们，唯有先将工作做好，才有发展的可能。

电脑学习告一段落。它要改变我们的生活方式和思维方式的。

先到这儿。

祝爷爷、爸爸、妈妈健康幸福！家和人兴！

三儿　马国兴

1997年7月19日于郑州，大雨

国兴：

爸爸太粗心，把你的生日忘记了。祝你愉快、健康、进步！

爸爸太忙了，7月没有休息一次，以致血压升高，被迫休息三天。你爷爷、妈妈，地里、家里，忙里忙外，几个子孙，几多操心。看到你在人生旅途上扬帆奋进，自感安慰。这也算你对家人的报答吧。

俗话说："生意好做，伙计难做。"要注意上下级关系，要搞好人际交往。一句话：注意为人。

电脑学习，大势所趋。现代人要有现代知识武装头脑，才能领先潮流。不过，我相信人脑。电脑是人脑发明的，为人脑服务的。所以，我们的生活方式和思维方式也要跟上潮流，否则，将被淘汰，没有出路。

本打算本月中旬去郑州医药公司办些新特药品，由于种种原因没有成行，你打电话时已给你解释了。

希望你能在郑生根、发芽、开花、结果。

父签

1997年7月25日于医院

【旁白】

农业路门市学习的氛围很好，又常交流，店员业务熟练，因此营业额节节攀升，让人不觉其累。

张经理说，书业有淡旺季，无论销售再怎么不好，店里也不能显示出败落相，卫生不能马虎应付，图书不能随意摆放，服务态度和水平不能降低。

我理解并付诸实施的，要比这更宽泛更持久。

我发挥了办手抄报的特长，不定期地做"新书推荐"，在那 A4 纸上，尽量艺术化地呈现信息：推介《老照片》时，复印了我的百天照作插图，而自己拿手的"麻花辫儿"，后来又作为《流年碎影》的形象代言出现。

不少读者对设计表示肯定，甚至有感情丰富的读者要我们将广告赠送给他。

我们在橱窗墙角种上丝瓜，并搭架任其蔓延，如此绿意盎然，给人以愉悦观感……毫无疑问，书店要有人情味，让人有亲近感才是。

"真羡慕你们，可以免费读这么多好书！"经常听到有读者如是说。

每每此刻，我总是心生苦楚，汗颜不已。起初，我还会解释，我们上班时是不便读书的，因为那可能会怠慢了读者，影响书店的形象，所以更多的时候，我们也只是在"看（kān）书"而已。后来，再遇到有读者抒发类似的感慨，我唯有一笑以对。

说起来，营业中总有读者稀落之时，我们借机整理散乱的书架，填充售缺的图书，也会顺便翻翻新书——当然，这是一种为熟悉业务的功利举动，算不上纯粹的阅读，要是将过眼书名写出来，会吓着你，也会让我不好意思的。

如此前言后记式的翻看，久了，便对书店的成员有了大致的了解，足以应对读者的询问。

话说某日，一位读者提出疑问："贾平凹的'凹'到底该读'āo'还是'wā'？"

我接话："应该读'wā'。"

我从书架上抽出《浮躁》，将贾平凹的自传指给他看："姓贾，名平凹，无字无号；娘呼'平娃'，理想于通顺，我写'平凹'，正视于崎岖，一字之改，音同形异，两代人心境可见也……"

我说，作家自称"平凹"与"平娃""音同形异"，那此处的"凹"自然该读"wā"了。

读者叹服说，不愧是三联书店的员工。随后他购买了贾平凹的新书《白夜》。

我得意之余，不禁庆幸他没有更进一步，让我表述阅读贾平凹作品的见解。谋职于书店后，我已不再研习他的作品，仅有的观感，也只是针对其早期之作，犹如掉落于水中的剑，并未随舟中人前行，说出来岂不贻笑大方？

不止一个贾平凹。原先闲来无事，去书店蹭书看，或者买回千挑万选的一本书，细细品味，对书对书店是一种纯真的感情，虽读书面窄，却也深入。而到书店工作，却把我当初对书的感觉全破坏了。需要认识的图书朋友太多，我不可能再专于气质相投的，不得已放宽视野，一视同仁，走马观花。还有，店里书外的事情，也让我疲于应付。

累月经年，对书对书店，便有了复杂的情感。我依然爱着书，不过已是更为宽广的爱，犹如严父慈母，又犹如月下老人，希望它们能找到合适的读者，实现自己的价值。而书店那神圣的光环渐渐褪散，在我心中，它很现实地成为一叶舟，我只是一位摆渡者，载读者由此岸到彼岸。

爸：

一根链条，最脆弱的一环决定其强度；一只木桶，最短的一片决定其容量；一个人，性格中最差的一面决定其发展。信然。

我知道自己的长处，又知道自己的缺点，更清楚地知道，怎样去改正自己的缺点、完善自己。然而改变自己是很痛苦的，又有"扬长避短"这话做不变的盾牌，加上生活里种种原因，我心依旧，日子就那么一天天平淡地过去，表面上波澜不惊，却隐藏了某种危机。

比如，作为一个店长，在店员面前，我有信而无威，我放任她们，她们又放任自己，这样的结果是，出了什么事，领导首先找到我，反给我莫大的压力。管理水平的停滞不前，影响了领导对我的重用。严厉起来！但一到实际工作中，一见朝夕相处的同事、部下，却又尽想到看到她的好……

我不知道，"千里之堤，毁于蚁穴"，是不是在比喻自己。

爱情，我越来越不认识你了。

初恋是那么纯洁，毫无私欲，一切的一切，都不去考虑，"那多俗！"便以为爱情是两心相悦，除此无他。但此时的爱情（观）美丽，也脆弱，不真实，最终，只存在于人生的某个阶段，或整个人生的追忆之中。

如今，为了一些冠冕堂皇的目标，所有的欲求都退而次之，被提上议事日程后，终因顾虑重重、意见不一而延后。爱情，那么美好的东西，也被自己折磨得不像样子。

房子票子孩子，原来不屑一想的东西，如今却如此现实地占据想象的空间。如果有一个可心的对象，还可以念叨"面包会有的，一切都会有的"，来缓解精神的压力，但因了初恋中人的标准（经过自己"艺术加工"拔高了的），生活的圈子又小，并没有人可以与自己牵手共度（主观上这么以为）。告诫自己现实点，少点浪漫，却怎么也不行！

那，就先不考虑这些吧。还为此写了篇《感情放假》，但感情是不可能"放假"的，只要你存活于世一天，它总要跳出来让你感动、冲动、盲动，只是你的脑子还有理智在，为了所谓意义重大的问题，你用理智囚禁了感情（正是"本是同根生，相煎何太急"），让人觉着感情放假了。

爸，莫名其妙地写了上边的话，权算一信，让家人知道我的心情。希望能得到指点。

问全家好！

三儿　国兴
1997年8月16日于郑州

国兴：

你8月16日的信已收到，内情详知。

看到你的信，知道你最近的心情不好，很乱，或者说莫名其妙。你应该知道，这是人体内分泌的荷尔蒙在起作用。你终于写信来说了有关爱情方面的事情，以前我们还以为你一心扑在学习上、工作上，没有时间去讨论如此事情。你的同学支青华如此追随你，你都不屑一顾，叫我们当老人的也不可随便评论。现在，终于回到讨论此事上来了，我们乐意和你共同探讨年轻人敏感的问题。

在人生旅途中，你才刚刚搭上前进的列车，未来的事情还有很多，等着你去处理，去认识。有些看起来很简单，但要处置好却又不容易。这里举两个例子：

（一）爱情、婚姻、家庭，妻子、儿子、房子，这些事构成人们日常生活的主旋律，也是最顺心、最得意的，这叫家和人兴吧。可是，也是人们最烦心、最厌恶的。关键在你如何解决这些事。

（二）在处理人事方面的事，也是很使人费一番心思的。正如你信中所言，对你的下属、同事，又怎能很严厉呢？每日都在一起相处，过于威严非但不能管好，反而还会出现人际交往的不协调，或冲撞，或分裂。要知道，没人办事任务怎能完成?! 要记住，在人际交往中，以诚待人，对上对下，都要如此。下级办事有差错、出事故，只要认识了，自己要挡一挡、担一担，尽量为她们护着，这样她们才会放心大胆地去干事情。这方面，想来你会处理好的。

当你在"莫名其妙"的时候，要相信你自己：像我这样，难道会没有姑娘追求、热爱？我这辈子会找不到对象？还能不结婚？放心吧，有时会踏破铁鞋无觅处，其实得来全不费功夫！自信才能自强，自强才能自立。一个堂堂男儿，顶天立地！何忧也。

你二十三岁了，男性生理发育以及体内荷尔蒙的生长，性欲望也日渐强烈，这是生理需要，也是生活需要、事业需要。你现在不正是这样吗？我建议：适当时，还是要坐下来，谈一谈有关年轻人的男欢女爱、婚姻家庭。当前仍需加倍工作多挣钱，为以后办事做准备。你说是不是？至于你的媳妇在哪儿找、怎样找，农村、城市，家里还是你那里，这都很具体，需要你给我们谈一下你的方寸、认识和决定。你的后勤、靠山——家，好为此做出决定，以解悬念。

父签
1997年8月22日于医院

亲爱的家人：

信收到，勿忧。

如果不出变动，今年的中秋我打算回家过了。届时，我要和李义同行的。换一换生活的环境和心情。

某一天，和领导们一起去招聘，感触颇深。"二十八岁以下，高中学历以上"，先前对张经理拟的招聘条件的宽松不解，到了现场才知此言不虚。来咨询的大都是国营单位的下岗职工，怎么说年龄也在三十开外了，但都自报二十八岁（心里话：哪有这么多巧合）。还有，这些人高中、中专毕业后，全部都是自费的大学上不了或不愿上，就只有工作的路子了。但外地在郑州求学的大学毕业生，"毕业两年还在大街上流浪"的尚有，怎么会轻易招他们入室？张经理说，之所以放宽了年龄（原来上限为二十五岁），是想招几个管理人员。我的心一紧。那自然不是经理级，而是店长一级的管理人员，这足以说明目前我们几位怎么样了。

但毕竟没有如愿招到这样的人，我还有机会。

纸短话长，搁笔。

问爷爷、爸爸、妈妈及其他家人平安！

三儿　国兴
1997 年 9 月 1 日于郑州

【旁白】

如今回想店长会，具体的事情多已淡忘，而经理们的训导却清晰如昨。且录几条，并略做注解。

"你碗里的米是谁给你的？自己，才是自己的施主！"当然，其间应有如是推导：你的工资表面上是书店发的，深一层则是读者给的，更深层则是自己创造的，因为销售额与你那琐碎的服务密切相关。

"培养店员，感情是水土与阳光，原则是修枝的剪刀。"这话针对的是我们偏软的管理，经理们恨铁不成钢，苦口婆心地教导："看店员，要看出毛病来，这样才会进步。店员刚来时怎么做是次要的，重要的是，在你的严格要求下他又是怎么做的。店长要负起责任来，不要光擦屁股！"

"有的读者并不是去买书，而是去相脸面的！"三联书店名声在外，难免树大招风，读者对服务水平的标准也是水涨船高。要说去书店纯为相店员脸面，未免夸张，可谁不希望在办公室与家庭之外的第三空间心情舒畅呢？不能将个人不良情绪呈现给读者，从这个角度来说，上班时不是你自己，下班后才是你自己。

起初，我的依赖心过重，事无巨细地向张经理汇报求助，而没有认识到那些多为分内之事，需要自己独立去解决。

某次店长会，张经理便以我向他报告插座烧焦导致停电为例，表明了自立自主的重要性："我在场，还不是尽快解决问题？但你在那儿负责管理，这事儿就得你来办！"

我当时的感觉，一方面，如同十八岁那年，为家人分担家务不再受到表扬，失落之余，发现我还把自己当成小孩、当成外人，羞愧不已；另一方面，就好像在外受挫时，心灰意冷，想回家找家人倾诉并寻求帮助，但想想他们又实在帮不上什么，多不过是劝慰自己上进——那么，上进就是了，何必求得别人的劝勉？

类似的不足，不过是意识未到，经人提醒，我得以及时修正。其他方面就不好说了。

张经理说，我太"姐们儿气"，要求我说出"NO"，又叹息，说我守着农业路门市这么长时间，不跑团体可惜了……

他一针见血地直指我的缺点：性格偏软、疏于管理、不善交际，而这是自己明了却很难改变的。

这是一个老毛病，在黄科大任班长、在万替管理保姆、在三联书店做店长，我基本是"无为而治"。有时想想，肯定有不少人被我这性格给"害"了，职业生涯遇到我这样的老好人，并非幸事。

亲爱的家人：

李义和我于9月17日下午五点顺利到达郑州，现已工作了两天，请家人勿忧。

店里又进行了人事调动，李义由郑百支店领班升为店长，郑百支店原店长调往紫百支店任店长，紫百支店原店长因故辞职。我所在的农业路门市中，河北的小贾将被调往郑百支店，任领班。据传，我也不会在这儿太久，另有任务。后情再叙。

我写的两个东西，爸爸看后请暂保管，有读后感更好，儿洗耳恭听。

先写到这儿。

问爷爷、爸爸、妈妈平安！祝全家幸福！

三儿 国兴

1997 年 9 月 19 日于郑州

国兴：

有朋友说："现在电话、传呼如此方便，你还写信，这有点太慢太古老！"我却不以为然，因为信的作用无可替代，有些事是在电话和传呼中说不清楚的。

刚才下午五点十五分打电话，你的同事、姓贾的小姐回话说，你出去了，晚上才能回来。再见！

父签

1997 年 9 月 20 日下午六点于医院

国兴：

9月19日的来信收到了。你和李义达郑后已上班，为父心中坦然放怀，全家人都高兴。向李义表示祝贺，希在以后的工作中更上一层楼。祝你们的友谊永远长青。

你留在我这里的书稿，我已阅两遍，对你的成长和进步予以肯定。你的每一点一滴长进，为父确是处处、步步为你操心，"知子莫若父"嘛。为有你这样有出息的小儿子自豪！相信你在人生旅途中，会走好自己的每一步。在你的感情生活中，不是没人爱你，而你每当关键的时候……可能有其他原因吧。我深深地相信，我的儿子也会有妻子、儿子、票子、房子的。

你的回忆录，也算这十几年寒窗苦读的总结。由于你成长的历史太嫩了，思想和笔法还没跳出学生时代的圈子，如果要出版和发行的话，也只能在中学生中间阅读，社会中的人似乎不太愿接受。但是不管怎么说，它是你笔耕出来的，对以后的书文耕作会有好处的。希继续努力、上进。

工作上的事，你要按照领导的意图和决定去完成自己分内的事。年轻人干工作，满腔热情，大胆泼辣，这是优点，但要防止过热！

农历八月二十九，是你外公逝世一周年纪念日。你二舅已从青海回来，准备为你外公外婆合葬立碑。届时，我和你妈前往。

今秋咱家又是丰收年。希勿悬念。

上次信收到否？念及。

父签

1997年9月27日于医院

爸：

您9月20日和27日寄来的两封信，儿先后收到，勿忧。

这封信，儿就要和家人谈一下终身大事了。我钟情的，乃是本店员工牛桂玲，家人通过相片，想必认识了的，门市三人合影中，那个穿红衣者即是。今天晚上，我已向她表明了自己的心迹。

"小马，你觉得可能吗？"是的，马国兴，你没有朋友，小牛也没有，仅仅凭这个，你认为你和她有可能成为朋友吗？近十个月里，我并没有和小牛深谈过，仅仅从她的一些行动判断：这是一位比较成熟、富有上进心的人物。

"小马，你应该找有才有貌的！"是的，生活的路还长，不定会遭遇什么梦中情人，还能在关键时刻凭关系"扶"你一把，小牛有什么？如果是两年甚至一年前，我会去浪漫地幻想，但现在我已经很现实了，知道自己需要什么，许多虚幻的东西虽然美丽，但也脆弱。

"小马，我觉得这事你还是要认真地考虑考虑，我们都再考虑一下，现在先不要提这个事了，我想到学完会计课程后再说……"那——好吧。

小牛是南阳社旗人，生于普通家庭，姐弟两个，弟弟已在郑州读中专。她是1976年生人，小我两岁，却有着同龄人难得的自立自强，学电脑，学会计，不断充实自己。

等到她学完会计，我的去向也将尘埃落定。如果新店丹尼斯支店开业，三联书店店长级人事必变动，无论我是到业务上，还是到另一个店任店长，都可以没有那么多顾忌了。

现在我也说不了那么多，暂搁笔。

向爷爷、爸爸、妈妈及全家问安！

家平为福！

三儿　国兴
1997年10月12日于郑州

【旁白】

1997年10月12日晚上，歌手陈明在郑州建文曼哈顿举行歌迷见面会，顺便充当我和小牛的红娘。

在门市，我有两个部下，小牛是其中之一。起初，我对小牛并不特别在意，只是在开发票时，写到"收款者"是"牛"，"开票者"是"马"，不觉莞尔。过年放假，我和她分别几日，再见时，说过"新年好"之后，接下来，竟再也没有什么话了。

由于当时我倾力于书店事务，无暇他顾，引来同事调笑："小马在许多方面都挺勤快，就只有一点不勤快（我心忽的一紧）——在对待终身大事上不勤快，（哦，原来如此！）但也许暗地里特别勤快的。"

暗地里，我只是在观察而已。当我觉得同样踏实勤快的小牛值得交往时，却又顾虑重重。

闲翻王小波的《我的精神家园》，在李银河写的后记里，我读到了王李的恋爱逸事。

王小波刚结识李银河时，某日问李："你有朋友吗？"

李如实相告："尚无。"

王又问："你看我怎么样？"

我不认为此乃虚构，也不认为这是王的"滑头"，谈恋爱也是需要技巧的。说心里话，原来我就曾想这么说这么做，可是看到这个故事以后，犹豫了。

小牛应该也翻过此书，她不会认为我剽窃王小波的创意吧？如果她说自己有朋友了呢？即便万事顺遂，另一个部下会怎么看？经理们会怎么想？

你看，别人会说："门市都成小马和小牛的夫妻店了。"

问题是我和小牛仍然还只是普通的同事，而别人也没有这么说，我倒想到了，唉，提前预支的苦恼。那就先不和她提心思吧，但我又实在不甘心就这么错过她……

那天晚上，我还是忍不住，问："小牛，你有朋友吗？"

她反问："你看我像吗？"

亲爱的家人：

你们好。时隔近四个月，又进行了一次业务考试，农业路门市还是第一：牛桂玲95分，马国兴92分，新店员刘素华78分。调到郑百支店的小贾也考了93分。作为营业员，我对书的熟悉已差强人意，只是作为一位爱书者，并要以此安身立命，我仍需修炼。这一点我会慢慢去做到的。

本月工资发了以后，我先花了260元买了辆新自行车，更换已为我效力两年多的老"飞鸽"；又添置了一身衣服，进行所谓的"包装"。本月工资820元。

某天中午，有乡人先电话联系，后亲自到三联书店找我，说是方便面厂的，在爸爸那儿见了我写的两本东西，很是吃惊，因为他自己也喜欢写点什么，这次来郑州便拜会了我。他的名字我不知记哪儿给忘了，因为我们写的并无共同之处，不记得也罢。

秋已深，天已凉，请家人保重。

全家好！

三儿　国兴
1997年10月24日于郑州

国兴：

你 10 月 12 日的信，昨日收到。原因是该信不知怎么会寄到农场办公室了，是一位场办的同志知道是我的信，又专程送过来，才得知你的好消息。

爸爸以及家里人同意你在婚恋方面所持的务实态度，选择对象的先决条件，不是看人长得多漂亮，关键是看其心里美。一个人能事事处处关心别人，能体贴人，知书达礼，这就足以使你去接触、去深谈、交朋友，以及恋爱。婚姻是两厢情愿的事，单方面热热乎乎，到头来只能是竹篮打水一场空！

收到你的信后，在家藏的影集里，找到你们今年春节的照片。是夜景下拍摄的，姓牛的姑娘的面容，挺像博爱具城里你的香姐，可能没有你香姐的个子高。只要你爱她，她也爱你，相信你们会结合在一起的。天下事，有情人终成眷属，会成家立业的。这里要提醒你的是，慢慢来，好事多磨，性急吃不了热豆腐！要注意对象的态度，因为这事在年轻人中的通病是单相思，这种苦头是非常有害于人的。

如你们恋爱成功，可望你爷爷生日回来咱家一坐。当然，不管什么时间回来，家里随时恭候，并热情接待。

家里你爷爷为你找到意中人高兴。你姐姐为你祝贺。你大嫂说，她们是老乡——你大嫂的老家是南阳新野具。你的二哥二嫂等都非常喜欢。你姑你姨她们尚且没有来家，暂时还不知道。当然，这种喜讯是会在最短时间内知道的。

眼下，家里三秋忙过，小麦出苗均匀，长势良好。你的三个侄儿以及外甥儿女们，身体健壮，学习成绩优良。全家人等，身体健康，喜气洋洋，日子过得挺红火！

祝你和小牛姑娘好。请转达全家的问候！

父签
1997年10月26日下午于医院

爸爸：

您好。10月26日的信收到已有几日，因工作忙，拖至今日才回。

爸爸的告诫，儿谨记在心，并转告小牛家人对她的问候，她很感谢，还让我代祝全家平安。

现在我工作和住宿都在农业路门市，将来可能调到业务上，晚上还将住在这儿，白天店里日常工作，怕是要交给小牛主持了。上次业务考试她是第一，在那不久之后的一次全体店员会上，郑经理将她树立成一面旗帜，夸赞不已。小牛是个要求上进的姑娘，店里还没组织学电脑时，她已经在社会上报名学习，如今又在参加一个会计培训班——要到年底了。所以，近一段时间，出于种种考虑，我们相约不对外宣扬，实际上也没有时间和更多的精力闲下来恋爱了。

不过所谓好事多磨，我们会有一个好的结果的。

表哥的二女儿申志敏前几天找到我，想来书店工作，我已给张经理说过了,问题不大,看她今后的表现了。

写到这儿。

愿爷爷、爸爸、妈妈健康!全家一切好!

三儿　国兴
1997年11月9日于郑州

【旁白】

铁打的营盘流水的兵。郑州三联书店成立以来,在这儿历练过的人不计其数,我想,那大约会比现有的店员还要多吧。

我们因缘得以际会并且相互敲打着成长,又因成长漂离不同的方向。

话说某日,闲翻《天涯》2010年第2期,发现了曾子炳的《我们能像动物一样思考吗?》,我顿时心生敬意:多年未见,雄鹰终展翅矣!

想当初,作为大学毕业生,曾子炳在书店仓库理货,由于性格孤傲,极不合群。背地里,有同事口出轻薄之言:大学生又怎样,还不是和我们一样打包搬书?

那时候书店招聘员工,学历要求是高中以上,当然,现实中"以上"者寥寥无几。

曾子炳在工作之余，潜心考研，却屡试未中。结果出来那几天，同事关系最为微妙，大家各怀心思，近乎尴尬地相处。

那时，我也很少有可以深入探讨问题的朋友，对善于思考、追求上进的曾子炳颇有好感，多次交流，自己受益匪浅。

且说某日，已任店长的我约曾子炳来门市一叙。他看了我写的《人文精神失落了吗?》，认为我对"人文精神"理解太浅，又说，前几年人文精神失落与否的论争，潜在的指向是知识分子与政治的关系，知识分子大半已丧失了独立的精神和自由的思想——我豁然开朗：《陈寅恪的最后20年》之所以热销，原来有这么个背景啊。

后来，曾子炳先于我离开书店，从此再也没有见过面。

经上网搜索，得知他其后成为华东师范大学中文系2000级研究生，涉猎甚广，成果颇丰。

国兴：

爸爸给你通过电话后，总觉得还有好多话要说，这种心情是在电话里表达不了的。过去俗话说，"为人怎能无信"，这是指信用。其实你我父子间很多心里话，或是说思想感情上的东西，大多都是通过信件来传递的。书信往来,传递信息,交流感情,倾心吐胆等。还是提笔书写一番,方解悬念。

本月工资领了1888元,为你们储蓄一个四位数。咱家就你们兄弟姊妹几个,最后剩下你,在办婚事方面,身为父母,总想给你们多积蓄几个钱,以便操办婚姻大事。我在日常生活中,总自豪地说:"我的三个儿子的对象,我们当父母的,没管过媒人一顿饭!"

小牛姑娘比你小两岁,你们有心通过恋爱,结为百年之好,这要求你在生活、工作、学习、感情多方面予以照顾。我和你妈成婚后,几十年从没有红过脸,更不要说吵架、打架等不文明行为。当然,男人女人都有思想,有主意,会说话,懂感情,意识形态领域的种种认识随着人们长期生活实践而融洽,或者分道扬镳。关于个人感情方面的事,这封信爸爸不准备往更深层次去探讨、去辩论。你读过大学,自然在唯物辩证法方面比我强。

你妈说:"等你们谈好之后,有机会俩人合影照寄回来一张,你姑、你姐、你姨、你舅都想看一下。当然,能回来更好。"

好了,这封信就此打住。让信件为我们架起思想互通之桥梁。

领了薪水,要注意节约消费。当然,和你钟爱的人在一起,也要合理支配。不说钱该怎么花,只要是需要!

一番龙飞凤舞地疾书,心情才有点平静。

父签
1997年11月22日于医院

亲爱的家人：

全家好！

申志敏经我介绍进入三联书店，已于本月11日正式在商业支店开始工作。至于她在书店的前途如何，就看她自己的努力了。不过，我会尽力去帮她处理一些事情的，这一点请家人若见大舅一家，让他们放心。

不久，我玉皇庙联中兼博爱一中的同学王二波，将从济南复员回来，他也会来三联书店和我们共事。我早已向经理们提起此事，因为他们对军人很感兴趣，加上二波颇有才华，我想他能站住脚的。介绍的人多了，没有了孤独无依感，但也不时为我和他们的表现操心，所谓一荣俱荣，一败皆败。相信我们可以做到让单位离不开，而不是我们离不开单位。

15日发工资1 109元，是全店最高的，因为我所在的农业路门市销售特好，奖金较多。当然工资只是一方面，重要的是我要学习点什么东西，在没有工资时还能生存，就好比要金子，更要点石成金的手指。目前阻止我进一步发展的，乃是自身的惰性。我会去克服的。

我个人的事，有消息会及时告知家人的。

写到这儿。

祝爷爷、爸爸、妈妈身体健康！全家平安幸福！！

国兴
1997年11月21日于郑州

国兴：

你的信收到了。

关于小敏去三联书店事，你妈去东界沟你大舅家分别通报过了。王二波去书店事，你出于对同学的帮助，去工作也好。我也在路上见过他的爸爸了。就如你信中所谈，一定要抓好新去人员的素质，不能光凭感情办事，要着实践。一个人说得再好听，等于零，要在实际工作中去检验每个人、每件事。相信你能处理好有关人事的。记住，对上，一定要使你的上司对你满意；对下，要抓好你身边的主要骨干！一道篱笆三个桩，是很有道理的。

上月的工资用于"包装"，很好。本月工资，除了必须支出外，还是要节俭，搞点储蓄之类的。要知道，恋爱、婚姻、成家都要钱，我们家庭的情况，你是很清楚的。

腊月十八是爷爷的生日，不知你是怎样安排的。要理解你爷爷的心情。当然，你爷爷也非常通情达理，对你并没有过多的要求。只是，爷孙能见一面，就心安理得了。就剩下一个月了，也算进入倒计时吧。

祝
事业兴旺发达、前程似锦！

父签
1997 年 12 月 10 日

[1998]

　　一年一度的春节已过，过去的一年是我们取得不少成就的一年。虎年是你的本命年，一年之计在于春，春天你又去参加了北京的全国性会议——北京图书订货会，这将使你得以锻炼、开阔眼界、增长见识，因为这些生活知识、人际交流，在书本上读不到、学不来，只有你亲身去体验、去参与、去总结，方能提高。

亲爱的家人：

腊月十八（本年度是元月 16 日）爷爷生日，我是要赶回去的，一个人。过年怕还是不会放假，算是提前过个团圆年吧。有可能的话，我会借个"傻瓜"助兴。

依惯例，在年终岁尾时，还是要对过去做回顾、对将来做展望。1997 年，我的生活较为宽裕，这得力于工作及工作地点的稳定和对口，本年度存款达 4 100 元。我花钱还是有点不大注意，不然存款还可增加。注意了包装自己，但又由于水平有限，比如买了劣质的衣服，反而浪费了不少钱。

在工作上进步不少，业务渐渐熟练，在独立处事的意识和能力上，以及全局观和认识事物的能力上，均有长足进步。领导着两个兵，为郑州三联书店创造了极大的效益。不过，与人交往的能力尚欠火候，主要是惰性所致。

如果将来离开这儿，我最大的遗憾，便是没有读多少书。先前在学生时代的痴狂劲头消失不少，客观理由掩饰不了这一点。浅薄的自己如何去实现心中的梦想？

我在文学上的练笔仍坚持着，除了几篇不太中意的习作，就剩年初时写成的《人生札记》了。这些文字追述分析了来郑四年来的得失，写的时候，给自己许多豁然开朗的启示。写完，也给人生绾了个结，以便更好地走今后的路。这本东西已让爸爸看了，不提。

去年写 1997 年展望时，在感情上是"无话"的，但又岂能无话可说？我生性的缺点让自己差点又要错过一些东西，这些还是面谈吧。

对1998年（也是自己的本命年）的打算仍不能太细，仅做勾画而已。原来有"人生三步走"的计划，说先结学业——这已在1995年告一段落，再在事业上有所成绩——便是目前努力做的，1998年当仍为主旋律。优点仍需发扬，而性格上的缺点得努力纠正，不然会阻碍更上一层楼。

其实工作、生活、感情诸方面又是相互关联的，处理好了它们之间的关系，可以促使自己更好地发展。

先写到这儿吧，纸短话长，留着再叙。

祝爷爷生日快乐！

问全家平安！

新年新的心情新的收获！

三儿　国兴

1998年元旦于郑州

【旁白】

1998年新年在即，我买了一打邮局发行的有奖明信片，除了给外地亲友寄去祝福和思念，还有三张，我寄给了自己和门市的两位同事。

在给小牛的明信片上，我写道："许多年后，当牛桂玲回首往事的时候，最感欣慰的是，在自己二十一岁时结识了……"

为写1997年的工作总结，我翻看自己的日记，有关小牛的记述不断跳出来，甚是扎眼，心生一念：将这些内容抄录下来，给小牛姑娘看。

有些话是说不出来的，用文字表达也许更合适。我随即行动，成就洋洋五千余字，赶在寄给小牛的明信片送达之日，奉送给她。

那时，郑州三联书店都是手工记录销售图书的，某日，我查看售书记录，见小牛将周国平的《爱与孤独》误记为《爱与狐独》，开玩笑地说："也对，也许爱都是'狐独（糊涂）'的吧。"——在"信"中，我便将自己在书店值夜班居住的六平方米小屋，命名为"狐独斋"。

1998年1月6日，早上上班，小牛回送了我一份"东西"，并说："风雨人生路，你将是我心灵的归宿！"

我心潮澎湃，说了声"谢谢"，本想上前与她握手，最终又没有那么做。

小牛回送了我一封"信"，与其说是一封信，不如说是一颗滚烫的心！

她对我要求两点：一是下班再看，二是只能我看——我答应了。我知道，她也怕我们处理不好角色的转换，搞得双方无法面对。

晚上，阅毕小牛的《我愿意在红地毯的那一端——等你（写给小马）》，幸福感遍布每个细胞："许多年以后，当我回首往事的时候，最感欣慰的是，在二十一岁时结识了一个温柔的你（小老虎）！小马，我愿意靠近你，并肩和你走过漫漫风雨人生路，更希望你能从你的'孤独斋'里走出来，因为：我愿意在红地毯的那一端——等你！你的小牛。"

其后，在我的建议下，小牛给我的家人写了一封信，在爷爷生日之际由我捎回。内容如下："伯父、伯母及全家人：你们好！值此爷爷寿诞到来之际，因工作无法脱身，不能前去祝寿，谨在此向他老人家表示最诚挚的祝福，祝他老人家寿比南山、福如东海！同时又值新春到来之际，我向伯父、伯母及全家人拜个早年，祝伯父、伯母及全家人在新的一年里身体健康、万事如意、阖家幸福！小牛拜上。1998 年元月 14 日。"

亲爱的家人：

新年好。

我已于元月 17 日平安到达郑州，并已工作几天，勿忧。

返郑后，借了架相机，留了影，今附上两张，并说明。一张是我所在的书店外景，书店被一个火锅城和一个熟食店所夹，可见当今文化的处境。三联书店原总经理沈昌文先生，曾来书店视察，看后，幽默地说："哈，这书店在饭店包围中，简直一个三明治！"

另一张是我和小牛在书店里的合影。光线不大好，效果差强人意。

这封信就写到这儿，下次再谈过年详情。

愿全家过个安乐祥和的春节！

三儿　国兴
1998 年元月 23 日于郑州

国兴三儿并小牛姑娘：

春节好。

今天大年初一，我在医院值班。上午八点半给国兴通过电话后，心情久久不能平静，我们父子为了工作，为了各自的事业，奋斗在自己的岗位上，本来应该在家团圆、共享天伦之乐的虎年春节，就这样马马虎虎地过去了。

看虎年吧，我想一定虎虎生威，工作更上一层楼。今年又是国兴的本命年，人生旅途中你第二轮的小老虎年，十二年一轮回，二十四岁了，学业有成，事业有就，该成家了吧?! 为了你们的婚事，你妈妈为你们准备了 1 万元，这是 1997 年的储蓄。以前的存款分别为你二哥和你姑姑盖房借去用了。

要知道，借别人的钱能现花，借给别人的钱不能使用。因此，奉劝你们也要注意自己的开销，以备结婚时派上用场。对你们来说，还有很长的路要走，还有更多的事要做。愿你们比翼双飞、前程似锦！

向小牛姑娘问候,并通过你转达我们全家对你们家的春节祝贺,拜年!

寄来的照片我阅后,总的感觉是好的,通过画面更看到了你们的内心世界。国兴照相的姿势太随便,不严肃,但给人一种很随和、轻松、自然和无拘无束的样子。小牛容光焕发、天真烂漫、健康自信,给人一种朝气蓬勃、好学向上的印象,显然很聪明,不然怎能在业务考试中比国兴考得还好!

家乡父老相信,你们在郑州一定能闯出属于自己的一片蓝天。努力吧,未来属于你们,希望能干好。

全家人向你们道一声:春节快乐!

业精于勤,荒于嬉;行成于思,毁于随。

福莫大于无祸,利莫大于不失。

再见。

父签

1998年1月28日

亲爱的家人:

当您收到这封信时,我已身处"首善之区"——北京了。

我已调离农业路门市,到办公室工作,而到任的第一件事,便是同张经理去北京参加一年一度的订货会。我的通信地址不变。小牛接手我原来的工作,在书店负责,有什么事,也可托她转告。

老舅近期来信,问爷爷及全家好。

随信再寄一张与小牛的合影,这个效果也许比上次的好。

别不多谈,驻笔。

祝全家

一切好!

三儿　国兴
1998年2月3日于郑州

国兴:

北京之行收获不小吧?为你能参加全国性的会议而祝贺,为你的进步而高兴。

儿走千里母担忧。接到你去北京的消息,你爷爷、妈妈托我打电话表示关心。这电话该如何打、打给谁呢?自然就是小牛姑娘了。2月7日下午,通了电话,还是三联书店的号码,是小牛接的,她说你和张经理可能于11日从北京回郑州。我们恭候佳音。

一年一度的春节已过,过去的一年是我们取得不少成就的一年。虎年是你的本命年,一年之计在于春,春天你又去参加了北京的全国性会议——北京图书订货会,这将使你得以锻炼、开阔眼界、增长见识,因为这些生活知识、人际交流,在书本上读不到、学不来，只有你亲身去体验、去参与、去总结，方能提高。伟大祖国和世界的美好，以后你尽可去观光、去游览。

代我们向小牛问候。希望你们永远和好。

父签

1998年2月13日于医院

亲爱的家人：

先后收到爸爸的两封信和数次电话，详情尽知，勿忧。

我和张经理于13日晨七点平安返郑，当日即开始正式工作，这一段事情又特别多，便忙。在北京的一周里，尽忙着订货，一直在有限的范围里（丰台区、海淀区）行动，更多的时候是在会场和宾馆。最后一天稍有闲暇，也只是到比较有名的几家书店走了走（真是三步不离本行），天安门、故宫、长城，还在那儿静静地等我去。好在今后有的是机会，不提。

调往办公室工作后，我将不在农业路门市住。没有了店长津贴、奖金、夜班费，反而要掏钱租房，一下子倒有点不习惯，但想着只有舍弃这些才能有更大的发展，心理也平衡了。现在工资一个月500多元，也够花用的。

先写到这儿吧。

愿全家老少平安！

国兴　并桂玲

1998年2月18日于郑州

【旁白】

我第一次参加订货会，即1998年2月的北京图书订货会。

劳累之外，更多的感受是惊奇：二渠道书商竟然是包下一个宾馆，在房间里交易的；仅凭一本打样的"假书"，二渠道书商居然能征收到很高的订数和大笔的现金；民营书店"西北三剑客"之一的靳小文细述"四大名著式的书店"，让我对书业心明眼亮起来……

那时，主渠道订货会还比较原始，得一个个摊位去"抢"订单，晚了就没有了，然后待在宾馆房间闭门造车填订单。

订单一式两份，一份留存，一份递交出版社。当然，递交订单时，还需看看样书，必要时得修改一下订数。这时就体现出订货会的好处来了，看样订货总是能避免想当然而导致的失误。

某次递交百花洲文艺出版社的订单时，我们顺手翻阅样书，发现王元化的《读黑格尔》是手稿影印版，连忙将订数减半——其后的销售果然并不理想，经此看样改数，我们免除了更多图书无谓的"火车旅行"。

相对应的教训也有。1997年，店里订了不少作家出版社的《邓小平》，不想却是罗高林的长诗，虽有邓公去世的背景，但依然走得很慢。还有一次，由于准备在书店设立音乐电影图书专柜，店里单独订了某出版社某套书中的《名家道乐》，谁料那只是汇集了文化名人说"乐（lè)"的文章，意思不大——我们认"乐（lè)"为"乐（yuè)"了。如果看了样书，我们应该不会订这些书，至少也不会订那么多的。

从北京回来，便收到了父亲的家书。在此之前，我没觉出自己有多么荣幸，见了信中的"全国性"三字，倒有种异样的感觉。

后来我回老家，父亲再次强调，哪怕是骡马会呢，全国性的都比地方性的要好，让人开阔眼界。

从这一年这一次出差开始，我展开了"明信片寄情之旅"，每次出游，或者随身带着明信片，或者在当地买一些，每天顺手写两句话，贴了邮票，丢进邮筒，寄给小牛。

这个行为艺术，被我先后命名为"我行我述""流水行云"，不过是自嘲"流水账似的边走边说"，是汇报，也是自白。

后来，由于明信片时有遗失，加之小牛工作变动，我不再邮寄了。不过，明信片还一直买着，并且寻到当地邮局，在上面加盖邮戳，犹如唐僧师徒，每到一地，加盖朱红大印，倒换通关文牒。

小马、小牛，国兴、桂玲：

收到你们 2 月 18 日的信，拆阅后内情已知。

下面谈谈我 2 月 22 日郑州之行的感受。总体来说，感觉不错。

（一）小牛姑娘很随和，彬彬有礼，第一印象很好，全家为桂玲这样通情达理而高兴。

（二）这次见到你们的薛总、张经理，通过谈话，为你们以后工作好，铺平道路。遗憾的是，没能在饭店吃一餐。

（三）李义、小敏等都已见到，对他们好好工作，已觉放心。

要想图谋发展，要想在郑生根发芽开花结果，目前的这份工作，这样的薪水，应该作为必不可少的经济基础。总比万替要好多了吧？不过，万替确实为你在郑干事业、开局面，或是说认识郑州，是起到了梯子的作用的。希望你们要珍视眼前书店的工作，因为它有很强的生命力，有很大的发展前途。在郑州纺织行业大量下岗、失业的前提下，你能不说你们现在是如鱼得水吗？

还有一件需要提及的，就是光知道国兴调出三联书店农业路门市，但没有亲自看一下新的岗位。那天下午四点多分手以后，我又到中亨花园中原油田的新家属楼做客。于七点半登车离郑，一路顺利，平安到达镇医院。

在此，你们的爷爷、妈妈，以及哥哥、嫂嫂、姐姐、姑姑，向你们表示问候和关心！小辈们，登高、晓宇、向前，向叔婶敬礼！希望书信能为我们架起互致关心的桥梁。

看了信头，如果是亲口喊，一定很亲切的！

再见。

父签字

1998年3月1日于医院值班时

亲爱的家人：

今天挤了点时间，和家人借信聊聊。爸爸3月1日的信已收到几天了，详情尽知，只是其中的浓情未及细细品味。

书店喊了一年有余要上电脑，如今才正式有了行动。我白天忙着校数据库，为盘存后电脑管理做准备，晚上又要捡起已陌生的电脑打字、操作。总之，生活平淡，又充实。

看来，至少在上半年，是没有时间回家了。小牛是去年7月回过一次，今年由于种种原因一拖再拖。这封信附上我们新近的合影，摄于正月三十小牛的生日宴会上。我们算真正订（定）下来了，在收到玫瑰花、生日蛋糕、手表之后，作为回赠，她送我一条领带——我知道，送人贴身之物是什么意思。请家人放心，我会处理好各方面的关系的。

我现在的工作地点在中亨集团办公楼，我们租用其五六间办公室，和总仓库一个院。

先到这儿，驻笔。

祝爷爷、爸爸、妈妈及哥哥、嫂嫂、姐姐、姑姑身体健康、万事如意,小辈们学习进步、平安成长!

              国兴 桂玲
             1998 年 3 月 11 日上

国兴儿、 桂玲媳:

  收到 3 月 11 日的来信,并见到你们的生日合影照片,很好,向你们送上全家的祝福。你的姑姑、姐姐以及哥嫂们,为你们订婚高兴,向你们道喜。希望你们身在省城,心在事业,将要成家,共创未来。我们全力支持你们,家庭是你们可靠的后方。我们想要看到的是你们能有出息,混出点名堂来,不说光宗耀祖,也可叫家乡父老为之自豪。看到信中的国兴办公室示意图,旁边正是 2 月 22 日我去郑做客的中亨花园一号院,在南阳路上。

  春暖花开,柳叶已绿,家乡春耕正忙。我们家半农半商。一年之计在于春,春天的耕种,为金色的秋实打下基础。但愿我们农工商学共庆丰收,甜蜜的日子更上一层楼。

  也因忙,今方复信,以示关怀和思念。

  最近,我们也准备组织春游,去向待定。

  再见。

                 父字
          1998 年 4 月 1 日于医院值班室

亲爱的全家人：

信和电话先后收到，已感觉家人浓浓温情。正如在《心中的祖父》一文中所述，"有了一个安定完满的后备，我才能放心出门独闯世界"，现在后备仍是安定完满，而三儿又有人共担风雨，怎会做不出点什么呢?!

经过近两个月的磨合，先前因调整工作环境带来的不适，已逐渐消失。加盟三联书店已整两年，在此期间，工作占据了我绝大多数的时间，我也因此舍弃、改变了不少。我戏言，来书店把我原来对书的那种感觉完全磨灭了。原来对书有神秘、神圣之感，闲来无事逛逛书店，蹭书看，或者买来一本千挑万选的书，回去细细翻阅，但如今三思不离书、三句话不离书、三步不离书，店里书外的事情弄得我倒胃口，读书没有心情，看书没有时间，更多的是翻书，为了熟悉业务，很功利地泛泛而阅。

原来一个人的时候，工作时间长也不觉什么，大不了业余少休闲一会儿。和小牛确定关系后，便感觉缺少共处时间，深忧因此而影响了我们的感情。谁让我们都是店里的骨干呢！我曾有想法，就做好一个普通店员该做的，业余读点书、写点东西，不亦乐乎，但现实并不满足你这点想法，非要你脱颖而出，给你压重担子，让你没有太多的休息时间。我向别人"诉苦"，自己目前是"打杂"，什么都要我去做 是在抱怨，更像是炫耀。说归说，做归做，想来我能在种种关系网里，游刃有余，得心应手。

申志敏已在丹尼斯支店少儿店出任领班，做得还不错。

如果五一放假，我可能会回去换换心情。而又由于小牛无法脱身,我可能还是独自成行。到时候再说吧。

写到这儿。

向爷爷、爸爸、妈妈问安!

愿全家人平安幸福!

三儿　国兴　并桂玲
1998 年 4 月 9 日于郑州

国兴、桂玲:

收到你们的来信,很高兴。

所说五一回家一事,全家自然表示欢迎。最好你们俩人一块来,让全家人都共团圆、齐高兴,其乐融融。同时能带来一个 135 照相机,合影纪念。如若借不了,几十元一架照相机,自己买一个,也好玩玩。

前几天(本月 8 日),我们乡镇医院和县医院去闪拐村义诊,在一个做皮鞋的个体户家,遇见关王庙村申卫星的母亲张学荣。她打听你的地址以及电话号码,我抄给了她。她说,你的同学申卫星已从北京铁路学院毕业,分到郑州火车站了,想找你。不知他去否?

你们的晚辈,登高、晓宇、向前、丹丹、苏豪,盼你们回来,要带点小礼物哟!

父签

1998年4月21日

【旁白】

到业务部以后，除了订货，我更多的是哪里需要去哪里。到店面当"救火队员"就不说了，1998年，我做的主要工作是：在同事协助下校正完善数据库，全面负责盘点仓库和店面图书，主持下架清退滞销书，梳理写作郑州三联书店发展史。

那年，由于门市没有男店员，于是就有了许多现实的问题，而我只好抽时间尽力帮忙，换个水龙头、保险丝什么的，成了勤杂工。此后很长一段时间，我仍在此值夜班。

爱书之人，对水火虫鼠唯恐避之不及，书店经营者更是如此。水火虫且按下不表，单说书店的鼠患。

因为书店左右都是饮食店，老鼠便循之而来，在那儿饱餐，在书店休养，磨牙啃书、便溺污书，有时还猖狂地蹿过我的头。凌晨三四点之时，老鼠最为放肆。

我没心情也没能力打它们，学几声猫叫，也无济于事，只得早起。如此，白天我的精气神就打了折扣。

恼怒之余，我想尽办法对付老鼠。刚开始是投放鼠药，可往往找不到它的尸体，却要忍受多日的腐臭味，后来改用粘鼠板。将粘鼠板置于老鼠出没处，效果极佳，每夜均有斩获，如是几日，睡觉时方可得一丝清净。

某日，休假回来，打开抽屉，忽见里面有几个小肉团在吱吱地叫——我才走几天，大老鼠就把这儿当产房了！我一下子恶心不已。接着，我又发现大老鼠躲在另一个抽屉里，可惜没有制伏它，让它逃走了。一气之下，我将尚未长毛的小家伙都点了天灯。

过后，我不由得多想：杀了七条鼠命，它会报复吗？

有同事得知我的遭遇，深表同情与钦佩，末了又说，老鼠啃书脊，并非我认为的是在磨牙，而是在吃书脊上的胶。

他说的似乎有道理，可是，书脊的胶都是化工原料啊，老鼠吃了会不会闹肚子呢？

亲爱的家人：

我们于5月2日下午已顺利到郑州，仅用两个多小时，勿忧。那天到汽车站，发现高速公路正在检修，便乘坐摩的到二环搭车返郑，不提。

最近，同事被查出染上了乙肝，我准备买些乙肝疫苗和小牛一起注射。我想问爸爸，酒伤肝，仅仅贪酒会染上肝炎吗？常常在外就餐，饮食没有规律会得乙肝吗？

5月2日，二波、李义和我先后到达郑州。见了面，才知李义已和范小香领了结婚证。而结了婚的李义便想法不同，想着如何赚更多钱了。二波已在城东路某娱乐城做了保安班长，如今正训练手下人。他不管在哪方面做都可以成功，问题是需要定力。

郑州的商业形势愈来愈差，我们都在艰苦度日。前几天亚细亚五彩广场发生了被抢事件，先是厂家和营业员，而后一些不关自己利益的社会人也加入进去，市长亲临现场无法制止，防暴队员也无可奈何。厂家的货款、营业员的押金和集资款没有着落，而亚细亚五彩又忙着改制转向，二者协调不力，便发生了这事。郑州三联书店尚有近20万元货款在此，现在看来，追回更是遥遥无期。

我和小牛结婚一事尚需时日。有机会到她家一趟再说吧。

先写到这儿。

向全家问安！

国兴　并桂玲
1998年5月10日母亲节于郑州，春雨绵绵

国兴、桂玲：

收到了母亲节里你们寄来的信，妈妈很高兴，为儿及儿媳的

一片孝心所感动，都流了激动的眼泪！

  关于你们同事的肝炎事，也不必大惊小怪。如为甲型肝炎，正规治疗一至三个月，即可恢复正常；如为乙肝，则需较长治疗时间。过去有句顺口溜说，"肝炎肝炎，治疗三年"，即对乙肝而言。乙肝的最大趋向是转肝癌。在人们谈癌色变的今天，更使其具有很大的威慑力。"精神原子弹"一旦炸响，人们即成病态。你说呢？这个方面，同意你们找卫生防疫部门，打上一个疗程的乙肝预防针，增加肌体的免疫力。要知道，有些人终生都会携带乙肝病毒并不发病的，这就是说，只要个体免疫力强，即会抵抗病毒入侵的。有关乙肝抗原抗体在医学临床的意义一表邮给你，供参考。

  关于你们的婚事，我们建议，如条件成熟的话，可回来家乡办理有关结婚手续。我想，在我们乡镇办这些事会好一些。不能为挣钱、为工作，不要妻子和孩子。要了妻子、孩子，接着必须有房子。

  你们要储蓄一些钱，家里支持你们点，办婚事是没有问题的。你俩商量，酌情处理，家里人相信你们。

  5月爸爸工资领了2 120多元，是创了纪录的新高。相信通过努力工作，挣更多的钱，办更多的事，比如买辆家庭轿车等，都是可以的。这是后话，以后再提。

父签字
1998年5月19日

亲爱的家人：

　　回信收阅，详情尽知，勿忧。

　　随信附上我的身体检查报告一份，以解悬念。我和小牛均已注射了乙肝疫苗，就在她二姐的门诊处完成的。

　　二波又回去了，据说是在家帮忙夏收，之后就在乡里开车谋生。原来他做保安的娱乐城尚未开业，他做训练班长也不发放工资，离开也属正常吧。

　　盘点了我的存款，由于利息的生成，加上今年小有存入，目前已达 5 000 元整。

　　爸爸在尽心尽力工作的同时，也要注意休息，有什么事，让大哥他们去做吧。

　　先写到这儿。

　　愿爷爷、爸爸、妈妈身体健康，全家一切好！

三儿　国兴　及桂玲上
1998 年 5 月 25 日于郑州

国兴、　桂玲：

　　来信收阅，内情尽知。

　　从郑州市第五人民医院的检验报告单上看，乙肝化验正常，两对半均为阴性，通过预防接种（打乙肝预防针）可以放心了。

不过乙肝预防为"016注射法"：第一针为现在，隔一个月注射第二针，隔六个月注射第三次（加强），才完成全程预防注射。另外，注射乙肝疫苗分 10vg、30vg 等含量成分，既然要打，就要打含量大一些的。登高、晓宇、向前等均打过了，为 10vg 的。你们人在外，但愿身体健康。

你妈说，写信时告诉两个孩子，当然包括桂玲，去过社旗、拜见过岳父母回来，适当时候把你们的婚事也办一下，即举行个结婚典礼。

家乡麦收开始忙了，中秋在即，可望能有个好收成。

你大哥现在我处搞 X 光，即放射线，干得还可以。

再见。

父签字
1998 年 6 月 5 日

【旁白】

书店的工作一点也不浪漫。然而，我满怀热情地投身其间，不觉苦累。支撑我的精神的要素，对书对书店的好感之外，更多的是身为三联人的荣耀与自豪。

不过，说心里话，虽说是郑州三联书店的一员，我在那五年里，却很少体会到来自北京总店的温暖。

三联书店各地的分销店性质不一，成立时间各异，总店与分销店之间缺乏联系和沟通，支持更是谈不上，仅凭各地分销店在当地折腾，如同生下孩子却不去教养，近乎不负责任了。

那时三联书店每年要各地分销店上报年销本版书的目标，但结算折扣与账期和其他出版社相比，并无特别的优惠与宽松。

由于各分销店经营者认真做事，反而赢得其他出版社的信赖，成了灵活一些的出版社的销售大客户，如此，三联书店建立分销店渠道，却为他人作嫁衣裳了。

大约三联书店的领导者也意识到了这个问题，1998年春，在三联书店成立五十周年暨生活书店成立六十六周年之际，三联书店专门设立了发展部，以协调总店与各地分销店的关系，试图改变原来和分销店仅仅是业务往来的消极局面，通过整合渠道，发展壮大三联书店的事业。

为此，发展部经理龙希成奔赴各个分销店，做了一番调研，第一站选择的就是郑州三联书店。

1998年5月30日至31日，受张经理指派，我全程陪同龙希成考察了各个店面。

我认同三联书店成立发展部的思路，代表郑州分销店提出建议，总店应为分销店全品种配货，铺底上架部分（单品种数量另定）免于结算，在此基础上，结算折扣和账期给予特殊政策。

你也许猜出了这件事的结局：不了了之。发展部

233

徒有形式，没有实权来协调发行部与各分销店的关系，龙希成便难施拳脚。

我与龙希成当初是一见如故，不仅探讨各地分销店的历史沿革和发展前景，而且还交流了对爱情、婚姻、家庭的认识。

那次调研期间，5月30日下午，我陪他在越秀酒家聆听了唐振常的讲座"蔡元培与北大精神"。

龙希成认为唐的讲演效果很好，但身为陈寅恪的学生，其演讲内容并无特别之处。

由于志趣相投，其后我和龙希成保持了一段时间的联系，得知他最终离开三联书店，离开北京，到某处静地潜心读书了。他说："到时候希望有机会到郑州做学术报告，我是有信心的。"

不久，我便在《中国青年报》上见到了龙希成的《读一本"难书"》，看来他已经开始修炼了。

此后又数年，某日，我在《南方周末》上看到丁学良的《酒瓶金字塔》，文后注明的记录者名字扎了我的眼——"龙希成"！他是在跟随丁学良先生做研究吗？

那时我无从知晓，那时，我已作别了书店生活。

2009年春，闲翻过去的日记，书店的琐事不时让我动容，于是摘录整理，命名为《往日志》，发布于自己的博客，期望有曾经三联书店的读者或同事看到，和我联系，共话昔日情谊。

某日，我打开电子邮箱，便撞见了龙希成的邮件：

"马国兴老友：网络把我们曾在人海中匆匆一见的老朋友，连起来了。期待我们能在北京或郑州见面，当以酒助兴！我是一个不安分的人，走了好多地方。离开三联后，就到银川自个儿读书，背罗素的英文；之后，到南方报业传媒集团，本来要进《南方周末》，当时（2000年年底）新办报纸《21世纪经济报道》，我当了这张大报的评论部主任；2005年我入清华大学读博士；2009年7月获得博士学位；2009年11月到桂林广西师范大学当大学教师，教'毛泽东思想和中国特色社会主义理论体系概论'，我用自己的知识和思想启发了很多学生。2010年9月，我进入哥伦比亚大学全球中心（北京）工作。感谢你在日志里说了理解和支持我的话。真的期待能到郑州那个中原大地跟你喝酒说话。"

国兴、 桂玲， 儿及儿媳：

你们可好？全家挂念。

快一个月了吧，因最近较忙，没及时给你们回信。收到你们寄来的书后，本应写封信，因通了电话，信也没有写。《交锋》这本书，大家争相传阅，直到现在我也只有翻了翻目录，没能细看，因为还在医院职工手中。

前几天，我去小庄医院，见到了王二波，他眼下在家没事。

通过和二波谈话得知,他现在准备通过跟车,搞到汽车驾驶执照,自己干。看来,要付出一定代价,才能打开局面。路还长着哩。

眼下,你们的情况怎样?

我和你大哥还在医院上班,工资、福利、待遇还算可以。

父　马耀武签
1998年7月9日

爸爸:

1998年7月16日,郑州遭遇暴雨。连续几个小时之后,雨水便将下水通道塞满,并且涌出地面。据气象专家后来测算,此日郑州降雨量达八十八毫米,不算太多。只因市政设施落后,雨水通流不畅,致使郑州市区污水横流,成了一个不折不扣的"东方威尼斯"。最深处,水可齐腰,给人们的工作和生活带来极大不便。三联书店农业路门市进水,当日停业,排水"抗洪"。现寄上两张雨后场景,可见当时一二。

国兴
1998年7月19日

国兴、桂玲：

收到了你们寄来的照片、郑州三联书店简史以及你的心得体会，写得很好。要在这里工作下去，并为之发展壮大，贡献你们的聪明和才智。一言以蔽之，此行业有干头，前程似锦。

你们俩不要成为学习迷、工作狂，节假日或闲下来，要协商你们的婚姻人事。要知道，你们姊妹四人，你是最小，只剩你没有成家了。

好，再见。

父 马耀武签
1998年8月14日于医院

爸：

您8月14日的信已收阅，勿忧。

昨天我给您寄去了一本《中国社会各阶层分析》，请查收。今附寄一份《交锋》的书评，供参阅。这两本书均为近期我店乃至全国都销售较好的，反响也极大。梁晓声以写小说成名，《今夜有暴风雪》《雪城》《年轮》等都不错，被誉为"平民作家"，近年不断有评论杂感式文字结集出版，引发各方热议。

经过一年多甚或更长时间的积累，我的写作终于在梳理店史后薄发，接连有《情结三联》《男儿本命》《生活的艺术》《为人岂能无"信"》诸文面世,也先后给各报刊投稿,虽还没有音讯,但自信不会太差。不知怎的,我内心里总有要成为作家的愿望,但又深知自己才疏学浅,投入生活、积累人生经验的同时,又有到外边求学充电的想法。受文友张爱玲的影响,我也想通过勤写加入作家协会,然后由作协推荐去北京鲁迅文学院深造。就目前看,这计划要等 21 世纪才能实施了。

前一段给小牛的家人去了封信,先做拜会之前的联络。我们对时间都无可奈何,要成行也得国庆前后了吧。我已搬离农业路门市,不过上班时间,您也可打原来的电话,联系小牛。

目前我的工作是出各单位的库存单,决定退货给出版社。因为郑州三联书店总库存偏大,滞销书多,影响了资金的周转。几年来,管理漏洞的存在,到今年渐渐出现了不好的影响,加上如今经济形势严峻,书店风雨飘摇——某店长挪用公款 1 万多元几个月,经理们竟"不知道";某店开业两年丢钱不断,内盗外窃,相互勾结,迷雾重重;店里成员将私人矛盾掺入工作,又有拉帮结派的意向……

我真的是对郑州三联书店很失望,两年前那种冲天的热情减退了,唯有责任在心头。正如当年奶奶昏过去之后,您和姐姐从容抢救,众家人呼天抢地,而妈妈则默默转身,到厨房做饭——忙乱之后,大家总要吃饭,妈妈知道自己能够做什么——我也一样,别的事我无力无心也无权去管,只有做好本职工作了。

由薛总出面,书店投资了时代先锋软件公司。

先写到这儿吧。

向爷爷、爸爸、妈妈问安!

祝

家和人兴！

三儿　国兴

1998年8月19日于郑州

国兴、桂玲：

你们寄来的《中国社会各阶层分析》以及邮来的两封信，均收到了，其中有你的自办报纸等。

最使我们关心的是，书店面临的一些不太乐观的事，如有的店员素质差，有的店长擅自挪用公款等。这些事，正是对你们的考验。一帆风顺的事多了，会使人们产生松懈和麻痹，会有天下太平之大意。要知道居安思危，提高警惕。

你要求上进，向往去京进修，这都可以理解，但要有经济基础做保证，这样才能完成学业。因此，眼下不要考虑此事，先安心干好工作。能在省、市级刊物报纸上多发表点文章，就是豆腐块也行，这对提高你的知名度会有好处的。

星期五下午，打电话给三联书店，是一位姓王的姑娘接的，想来一定转告给你们了吧？好好工作，勤学好问，处理好人际交往，注意自己的言行。

家乡一切都好，今年多雨导致的水灾，对咱这块风水宝地来说是遥远的事。当然，大家也都在捐款捐物，支援长江、嫩江受水灾的人们。

　　信中再见。

父签

1998年8月31日

【旁白】

　　潜移默化间,我将文友张爱玲视为一个榜样,作为自己赶超的对象。她的文风给我莫大的影响,她发表文章的报刊,先后成了我努力的目标,甚至她到鲁迅文学院学习的经历,也造就了我的一个美丽的梦。

　　"老实说,(在鲁迅文学院上学)除了开阔眼界,没有更多的什么(收获),我读书的目的也正在于此。如果书店没让你读更多的书,在鲁院也同样不会,它会让一个浮躁的人更加浮躁。"张爱玲的来信浇醒了我:自己是不是一个浮躁的人?自己究竟想要什么?冷静下来之后,我不再执着于她一时一事的表层,而是透过这些,取其精神,以反观自己。

　　她不愿成为专栏撰稿人,而是潜下心来写作还没有更多人关注的东西给纯文学杂志;她一直没敢去领中国作家协会会员证,她说,"这些都不是关键,关键是我喜欢读书、写字,特别喜欢才义无反顾";她想看牡丹，却不爱凑热闹，所以至今没有春游洛阳，然而她又曾经在众人失约弃信之后，于某年农历八月十六，孤身前往长城赏月，她说，"感谢自己，在接受岁月的洗礼时，还让骨子里留有那么一点儿激情、一点儿冒险精神和一点儿浪漫"……

如此，张爱玲之于我，不再仅仅是一位作者，她的写作观乃至人生观，悬于我的心头，烛照着自己一路前行。

为避免不必要的误会和麻烦，1997年11月，张爱玲启用笔名"艾苓"。这标志着她文风和心智的成熟，也隐含着她的志向。其后，她先后出版了《领着自己回家》《风也穿鞋》《一路走来》《咱们学生》等散文集。

果如信中所言，进入新世纪，我才一步步实现自己的梦想：2002年相继加入郑州市作家协会、河南省作家协会，2016年加入中国作家协会，并在此期间，先后出版了《书生活》《我曾经侍弄过一家书店》《一路走来，成长如蜕》《读库偷走的时光》《写心》等随笔集。

张爱玲在做了九年安达市委办公室的秘书之后，又到绥化日报社编采四载，最终回到母校绥化学院任教。

最近几年，教书育人之外，张爱玲将更多的精力放在了母亲姜淑梅身上。我对她说，多年以后你会发现，母亲才是你的代表作。她曾尝试创作儿童文学，最终选择记录身边的老师与学生，思考地方大学的现状与未来，别开生面。

二十余年里，我们先后见过三次：2003年7月，我借着出差之机，与张爱玲在哈尔滨会面，并同游呼兰，追寻萧红的足迹；2013年11月，我与姜淑梅、张爱玲母女齐聚北京，参与中央电视台《读书》节目录制；2018年7月，我与姜、张母女奔赴石家庄，参与河北电视台《中华好家风》节目录制。

如今，我依然和张爱玲保持着联系，不过其方式已经有了改变，日益多元。但是，不得不承认，我们那纸上交流的书信时代已经一去不复返了。

涉世既深，我虽非世事洞悉，却也明白了一些事理，对现实的存在，有些试着去改变，有些试着去适应，有些试着去宽容，有些试着去放弃。

我担心自己变得面目可憎、毫无生趣，不时回溯个人的成长历程，比如翻阅张爱玲的那些不可再得的书信，体会曾经的感动，寻找上进的力量。

国兴、桂玲：

近来一切好吗？念及。

通了几次电话，已相互了解，因此近来月余没有写信。

10月1日，国兴从郑回来探家，全家人又热热闹闹地吃火锅、叙亲情，谈天论地，共享天伦之乐。遗憾的是，桂玲没能回来，使家里的气氛逊色不少。事后，知道郑州书店被盗，路途又丢行包，这次回来损失不少。

本月19日，是你外公逝世两周年纪念日，我和你妈都去东界沟，与亲戚聚会。晚上，又和青海省西宁市你二舅通了电话，互致问候，共祝健康，格外亲切。

昨天，是博爱县城你姨父的生日，我们都去赴宴。又在家具市场，购买了一套沙发。本想头橡木的，你妈说太贵，2 000多元。因此，选购了铁木沙发可代床的，七八百元，她挺满意。

家乡秋收秋种已结束。今年秋季，我处虽没有像长江、松花江那样大涝，但也不是丰收年景，只能说是平年。家里一切和好，希勿悬念。

再说说你和桂玲的婚事。我们认为，爱情的果子已经成熟，就要及时收获，不要等到熟透了、熟过了，那就不太好了。你们都已成人，结合后，事业会更好地去发展，生活会更美好。希望你们相互关心，共勉上进。该办的事，就办。

再见。

父母共签

1998年10月24日

亲爱的家人：

收到家书不久，又接到南阳来信，桂玲父母让我转达对家人的问候（详见复印件）。

前一段桂玲的舅母来郑，说是来看女儿（桂玲二表姐在郑州开一家诊所），其中或有鉴定我的意思。从各方面来看，我和桂玲的结合是没什么问题的，主要还是需要时间。这些在年前应该有个结果。

今天下午，我参加了越秀学术讲座。这个讲座由三联书店与越秀酒家合作，五年来已举办九十四期。本期请了著名画家黄永玉。在黄科大时，听校长讲过一句话：单位"利用"你，你也要"利用"单位。原来因性格使然，并没怎么好好开发书店带给自己的便利，今后要加强这方面的努力。

我和桂玲一切都好。

先写到这儿。

问爷爷平安！

  祝

全家一切好！

国兴　携桂玲
1998年10月31日于郑州

【旁白】

当年，郑州的文化活动很少，其中值得一提的，是由薛正强先生提议、沈昌文先生促成的越秀学术讲座。

这个讲座坚持了十余年，先后由沈昌文先生和李辉先生主持，遍邀海内外学界名家来郑讲学。

那时每有讲座，我总是电话通知一圈书店的老读者，乃至上门送上请柬，但自己由于工作时间与兴趣的原因，参与的次数屈指可数。既去了，便少不了追星的举动，合影签名之类。

检视我的书架，经由越秀学术讲座而得的签名书，不过三本：《顺生论》（张中行著）、《守望的距离》（周国平著）、《黄永玉散文》（黄永玉著）。

说实在话，每次听讲座我都是失望而归，倒不如读其书来得亲切。

周国平先生的讲座题目为"哲学与精神生活"，收入《安静》一书时，更名为《哲学是永远的追问》，不过文后记述的讲座时间有误，并非1997年10月30日，而是9月30日。

那天，他来越秀学术讲座时，带着刚刚订婚的第三任夫人郭红，所以在交流时段，大家的提问便偏重于此，显得很娱乐。

大约是这种氛围影响了我，讲座后，请他在《守望的距离》扉页题签毕，忽发奇想，让周夫人也签个名岂不完满？

"不不不！他的书我不能签！他是他，我是我，我们俩不掺和！"

得，人家是周夫人，更是郭红，那就算了吧。

而去听黄永玉先生的讲座时，除了《黄永玉散文》，我还准备了三联书店出版的吕吉人的国画明信片《凤凰春晓》，后来请黄先生在上面也签了名，颇为自得——在那画作上，吕吉人写道："春节时，与春彦等友访永玉老故乡，同黄老漫步沱江畔得此稿。"

国兴、桂玲：

接到你的电话和收到你寄来的印刷品，感觉良好。为你们这次南阳之行顺利、平安，感到幸福、满意。我们只想尽快地把你们的婚事办了，这是全家人的心愿。

在一次读书时，偶然发现一本名叫《河南省情与统计》的杂志上，有关你们书店薛总慧眼识刘杰的《杀毒王——"狼"的故事》，今随信邮去，以供参考。因为你们都在郑州三联书店工作，新闻媒介上的有关宣传报道，自然受到家人的关注。

家里你大奶奶年已八十岁有余，近又因长期心衰，医治无效，病故。丧事已料理。因你们去了南阳，也没通知你们。

今冬不算太冷，但时令已进入严冬，要注意增添衣物，防寒防冻。健康＝工作＝挣钱＝办事。

再见。

马耀武签
1998年12月12日

亲爱的家人：

信及剪报均收阅。

《杀毒王》一文，我早已看过，这是《郑州晚报》记者谢晓勤写的，曾在《郑州晚报》《北京晚报》《新民晚报》《羊城晚报》等报刊上发表，大同小异。

如果将社会比作游戏场，那么就会有许多游戏规则。比如，每个企业周围都会有固定的记者来宣传，而不用再大力去做太多的广告。许多广告公司、策划大师往往不懂，就会碰壁。

时代先锋软件公司的技术人员都是一流的，但是先前不懂得如何争取自己的权益，后来就在薛总的建议下，纷纷跳出来做自己的事。如今这家公司又与北京某公司合资重组，前程可观。郑州三联书店先期投资不少，如今开始回收，最终期望它能助书店做更大的事业。

明年郑州三联书店将与河南发行第一大报《大河报》合作，成立一个读书俱乐部，到时业务将更加宽广。

今年是我进入三联书店的第三个年头，我也逐渐找到了自己的位置。到业务上以后，视野更加开阔，能力也有所增强，成为书店运转中的一颗不可缺少的部件。收入相比在店面时有所下降，一年来没有什么结余，不过明年的工资会有所调整，自己的所作所为，大家也都看到了的。

和小牛的关系最终确立，该是我莫大的欣慰。原来工作和爱情是可以兼顾的，排遣寂寞无聊之余，爱又为我继续努力工作，注入了新的活力、动力。

元月中旬，我将二次北上，和张经理到北京参加全国图书订货会，以及三联书店全国分销店会议。祝我们一路顺风吧！
　　祝
家和人兴！

　　　　　　　　　　　　　　　三儿　国兴　携桂玲
　　　　　　　　　　　　　　1998年12月17日于郑州

国兴、桂玲：

　　你们的来信、贺年卡都收到了。

　　来信说，元月中旬，国兴将要再次进京，参加全国性会议。这是好事，要在天安门前留影纪念。我建议，花几十元钱买一架135照相机，自己应用更方便些。

　　家里安排你二人于农历腊月二十四举行结婚典礼。这个日子，已写信给社旗亲家了。愿你们新婚快乐、幸福美满。届时，敬请亲家来我府上，为你们祝福，为你们贺喜，我将安排车辆接送郑州。至于书店的事，你们可酌情安排。

　　男大当婚，女大当嫁，人之常情，况且，你们结婚后，在一起共同生活，互相照应，齐头并进，协调发展，两全其美，何乐而不为呢？

　　家里的房间已装修了，客厅、洞房都已粉刷一新。你妈为你们的婚事操劳费心，唯恐三儿媳不满意。

关于结婚手续事宜，你俩要带上婚姻状况证明、身份证，回来我镇民政所登记。婚前身体检查，自然由我卫生院进行，并出示医学证明。这些事我已安排好了。至于说典礼的形式和规模，等你们回来再商量。

以上意见妥否？希回函告知。

信中再见。

父签

1998 年 12 月 27 日

【旁白】

当年，时代先锋公司与郑州三联书店在一起办公。时代先锋主推一款名为"行天98"的杀毒软件，其开发部除了刘杰，还有丁凯、何公道等技术人员，生产部有孔鸿飞、卯少妮等员工。后来，时代先锋位移至北京。再后来，无疾而终。

20世纪末的中国内地书业，读者俱乐部风起云涌，蔚为壮观。声势较大的，有外资的"贝塔斯曼"，民资的"席殊好书"，以及由全国三十三家人民出版社合组的"东方书林"。

它们都与相关媒体紧密合作，推广这一新兴的购书读书形式，如贝塔斯曼在《读者》等畅销刊物上广而告之，席殊好书与《中华读书报》合办专刊，东方书林则是立足于《文汇读书周报》。它们都办有内部会员刊物，给予读者购书一定的优惠，通过邮购这种途径为读者服务。

这三家都是1997年已成气候的，进入1998年，读者俱乐部又得到长足的发展，外研社、三联书店、商务印书馆等出版社纷纷涉足其中，"风入松"等书店紧随其后……

其时，郑州三联书店也意欲追赶潮流，分切这一块蛋糕。

起初，读者俱乐部拟名"黑眼睛"，计划与《大河报》合办，不过最终没有谈成，而书店已是箭在弦上，便于1999年春独自成立了"新知书友俱乐部"。

因为宣传不力，经由店面招募的会员，更多的是来往于书店的老读者，无助于邮购业务，而且，由于一时没有人用心组织活动，会员只是享受了不同程度的购书优惠而已。

我们可谓骑虎难下，进退两难。读者俱乐部这个新生事物之于书店，如同鸡肋。

1999

结婚了，家庭建立了，夫妻之间要互相帮助，互相尊重，遇事共同商量，处理好各方面的关系。家庭生活总是锅碗瓢勺交响曲，开门总少不了米面油盐酱醋柴。俗话说得好："酒肉朋友，米面夫妻。"看似平常，过好日子，确不容易。

国兴、桂玲：

都好。

接连收到你们寄来的几个信封，装的都是照片。通过照片，勾起人们对美好生活的回忆。这将作为永久纪念，载入家庭的历史档案。让我们十分珍视这些可保存的照片吧。

年前腊月十八，从沁阳寄社旗一封挂号信，装有公安局关于桂玲户籍的准迁证，至今没收到回函或回音，不知何故？念及。桂玲可打听一下，然后给我们一个通知，以解悬念。

春节时，为在学校考试中名列第一的晓宇、丹丹，各买了一辆天津产的新自行车，作为奖品，分发到孩子们的手里，以资鼓励。共花了500元。

家乡老少人等身体健康。开春了，农业生产大忙，你姑、你二哥他们都已在农田劳作了。

代我向桂玲的父母致以春天的问候。

三八节安好！

父签
1999年3月8日

爸：

我和桂玲于3月7日到社旗一趟，并于10日下午顺利返郑，勿忧。

桂玲的准迁证明已办好，并于10日下午挂号寄回，请爸爸查收。收到后，速交镇派出所户籍科，因为3月17日证明就要到期。

社旗那边并没宴请亲友，只是将我和桂玲结婚的消息告知姑舅叔亲。

在那儿为亲友们合影留念，洗出来效果并不太好，附寄两张，存念。

我们谨记妈妈的教诲，从社旗回来后，安心于工作。不过，桂玲还要于正月二十六赴三门峡，参加她大表姐的婚礼。

社旗父母向爸爸、妈妈及全家人问好，道辛苦了。

别不多说，停笔。

家和人兴！

三儿　国兴　及桂玲
1999年3月11日于郑州

【旁白】

1999年2月4日，我和小牛领取结婚证；2月9日，我们在博爱老家举行婚礼。

因缘书店成就的姻缘，日常的琐屑里，自然少不了书和书店，删繁就简，捡拾几片吧。

当时，由于同在书店，我和小牛一起的休息时间很少，仅有的，也多是和她到不同的书店转，闲聊时，也是三句话不离本行。

小牛不免有怨言："谁和你'谈恋爱'了？我们在一块儿'谈'的都是工作！"

话虽如此说，小牛接着便对人家的图书摆放、经营管理指手画脚。

我乐得不行，取笑她："干脆，你到这儿做主管吧。"

我珍藏着一册《亚玛街》，扉页有小牛题签的"蓝英年"三字，以及我于1999年4月19日记述的絮语："本书自郑州某书社半价购得，还未翻阅。得知本书译者蓝英年要来郑州越秀学术讲座，便有意请其在书上签名留念，惜乎这几日在河南省第四届书市上忙活，不能亲往。爱人小牛得知后，说会托人帮我实现此愿。不料那人最终并未成行，我的愿望落了空。今特请大包大揽者——小牛代签，以解心中一结！"

话说某日，小牛要我帮她写培训总结，说是要写一千五百字。

我一听就烦了，这种形式主义的东西出现，绝不是什么好事，还要求必须写这么多字，便推脱，让她自己写。

她说："人家都说了，你守着个作家，这资源不利用能行？"

我说："你都接受培训了，总有一些感受，写出来不就得了，难道比生孩子还难？"

她回应："生孩子也是你给的嘛。你给我起个头！"

爸：

又出了一期报纸，寄回存阅。

上面的两篇文章，其中《生活的艺术》，发表在1999年4月8日《大河报·新闻周刊》上，另一篇则是在一位同学编的副刊上发的。

我可能五一回家，见面详谈。

问全家好！

马国兴

1999年4月10日于郑州

国兴、桂玲：

你们好。念及。

已有几个月没给你们提笔写信了。得益于电话通讯的便捷，在信中的交谈少多了。电话在我们的生活中进行思想交流，比通信快而方便。

五一节国兴回来了，桂玲没有回来，家里少了一个人，显然不热闹。尽管你们的侄男甥女对国兴百般撒欢，总代替不了父子情、婆媳亲。当把你们的床柜、沙发等物送去郑州，人去屋空。尽管国兴来家一看，总有点没谈完的情愫。不过，最叫人操心的，还是你们在郑州的发展如何，很让人悬念。我还是信任你们的，为有你们而自豪！

结婚了，家庭建立了，夫妻之间要互相帮助，互相尊重，遇事共同商量，处理好各方面的关系。家庭生活总是锅碗瓢勺交响曲，开门总少不了米面油盐酱醋柴。俗话说得好："酒肉朋友，米面夫妻。"看似平常，过好日子，确不容易。现在年轻，好好工作，努力挣钱，以后可以考虑在郑州买套属于自己的房子。票子、房子、儿子都要有，才能站住脚，图发展。

好在郑州离家不远，现在通讯、交通如此发达，随时都可以联系。家是你们最坚强、最可靠的大后方。希望你们在郑州能有作为，不辜负家乡父老对你们的殷切希望。

前些时，给社旗去了两次信，没有见到回信。桂玲再给家里写信时，代我们向他们致以问候，以表关心。

家里一切很好。

抽空回家看看。

父母签

1999年5月7日

亲爱的爸爸：

现在郑州正下着大雨，不知家乡怎么样？麦子都收了吗？我听新乡的同学说，他们那儿前段时间下了冰雹，严重受灾。

好久没写信了。正如《言而有"信"》一文所述，当初，在学校为求得家人物质上的支持，刚毕业时，又面临诸多问题和困惑，为寻求家人精神上的帮助，信都写得很勤；而现在，自己经济已经独立，也渐渐学会独立处事，又有桂玲可交流，加上家里装了电话，信便少了。

真的，很多时候，尤其是生活出现不顺，就习惯性地想和家人倾诉、商议，但想着这样的结果，不过是直面人生、找出症结并解决问题的忠告，我何不自己这样去做？而各种困难，你真认真面对了，它又变得如此容易就被解决。还是要感谢家人，让我掌握了处事的方法。

从现在起，销售进入了淡季。我目前的主题任务，是组织人员给出版社退货。因为书店库存偏多，结账压力也较大，只有尽量减少库存，缓解压力。桂玲仍在农业路门市，不过她不再负责，紫百支店陈剑锋调至此处任店长。

五一从家返郑后，先后写了写老舅和二哥，都有两三千字。可能一时还找不到"婆家"把它们"嫁"出去，而我还要再修改一下。

好了，先写到这儿吧。

向爷爷、爸爸、妈妈问安！

祝

全家一切好！

三儿　国兴　携桂玲
1999 年 6 月 15 日于郑州

国兴、桂玲：

6月15日的信，今日收到。拆阅了解了你们的近况，很好。

家里装了电话，通讯更方便，信息更灵通，信少了，但交流更多了。

只是近月余，信和电话都少了些。原因是：农历四月初五，沁阳城有物资交流会，你爷爷独自骑自行车去赶会，在沁河桥头，被一辆摩的挂翻致伤，随后被紧急送往沁阳市人民医院。我们先后接到你妈打来单位的三次告急电话，连忙派救护车，同时带了 2 000 元，赶到医院急诊科。安置住院进行检查，头颅 CT 和腰及骨盆 X 光照片均正常，这才使悬着的那颗心放下来。

对于肇事的摩的司机，当天中午也报警，由交警处理本起车祸。联系了你的表舅吕发展，请他到沁阳市交警队事故科，负责事故处理。我和你大哥料理医院的医疗事宜。

第三天，你爷说啥也要回家，不愿继续住院治疗。好在他没有伤筋动骨，只是有点外伤，眼看夏收大忙，急等收麦子，这样，又派专车将你爷接回家。这起有惊无险的事故，历时四天，到此结束。

另外要提及的是，在你爷住院期间，第一、二日由你姑和你二嫂值班，第三、四日由你大嫂守护。为了让她们时时和家里保持联系，专门买了一张磁卡，以方便给家里打电话。

当然，你爷嘴上没说，但心里还是想着你们的，当有人建议把此事通知你们时，他坚决表示，不让你们知道，为的是让你们放心地工作，不受家里的干扰。试想，老人如此用心，为何？

有一首歌在1999年很火——《常回家看看》。

当接到此信，你们如何想？

父签

1999年6月20日

【旁白】

1998年9月14日，博爱家里装了固定电话。

收到父亲此信后，我先给家人打了电话，随后与小牛于7月中旬回家探望爷爷。

十一年后，2010年3月2日（农历正月十七），爷爷无疾而终，享年八十七岁。

按母亲申素清的说法，爷爷无病无灾，各项器官一一老化，犹如一个煤火炉续不上新煤，渐渐乏灭。

进入2010年，爷爷的精气神明显委顿，虽然在外孙结婚和自己生日当天还比较精神，但那似乎是往日的累积和来日的预支，打那儿以后，身体状况一天不胜一天。

爷爷生活完全不能自理的日子屈指可数。尽管行动不便，他的头脑始终是清醒的。他对晚辈的孝敬很知足，甚至说过他死后即便子孙用凉席卷着自己下葬也甘心了。他对家人说："我又不是退休工人，照顾我一天能多拿一天工资——照顾我怎地道干啥哩？"又对我说："国兴照顾我三晚上，尽完孝了。放心回郑州吧，甭忧我。"

父亲主持操办了爷爷的葬礼，寻常而不失体面，热闹而不失庄重。

我全程参与了爷爷的葬礼，并用相机记录了其方方面面。

其间，爷爷的话语纷纷浮现于脑海，比如"人心要实，火心要虚"。童年的我，在年前蒸馍煮肉炸丸子时，负责烧火。这活儿说简单也不简单，起初，我往灶里塞满柴火，弄得黑烟乱窜，灶里没火，自己心里尽是火。爷爷见状，上前抽出部分柴火，一番整理，火苗蹦出，越来越旺。他说，"人心要实，火心要虚"，空气进不去，火怎么出得来？

我融入爷爷的教诲，为他写了一份生平。在念给家人征求意见时，自己忍不住泪流满面。转引两段：

> 马老先生一生俭朴，在扶持子孙的成长上却毫不吝啬。除了在经济上积极支持，他还在生活

中以生动形象的语言教育晚辈。他说,"人心要实,火心要虚",要子孙做一个实实在在、讲求诚信的人;他说,"好记性不如赖笔头",并以身作则,引领后代做事要有计划讲方法,以免走弯路;他说,"要想公道,打打颠倒",训导晚辈要换位思考,理性为人处世……

马老先生的一生,是平凡的一生。他育有一子一女,又有一孙女三孙,再有五曾孙,儿孙满堂皆孝敬,是为福;他勤俭持家,精于育人,留下无价的精神财富,子孙走正道,家庭殷实,是为禄;他早年颠沛流离,壮年兢兢业业,晚年安享太平,八十七岁无疾而终,是为寿——福禄寿三全,马老先生的一生,又是不寻常的一生。

亲爱的家人:

随信寄去我在岳麓书院的留影三张。

9月22日至26日,我独自前往长沙,代表郑州三联书店参加第十届全国书市。湖南的旅游景点还有韶山和张家界,但距长沙太远,会务又忙,我便抽空去了市郊的岳麓书院。

史称,岳麓山为南岳衡山之足,故名岳麓。岳麓书院乃千年学府,是我国古代四大书院之一,现位于湖南大学校内。其校训为:整齐严肃,忠廉孝节。1916年,湖南大学前身——湖南公立工业专门学校校长宾步程提出"实事求是"，作为办学及求学的指导方针。此言后来被毛泽东多次手书赠予他人，又被邓小平推广发展，众人皆知。

岳麓书院中，建筑多为后建，原物毁于战火，所谓"留旧名以存故迹"。请看湖南大学出版社的所在，六君子堂（慕道祠）成了总编室，崇道祠成了编辑部，王夫之的船山祠成了出版部……真有点奢侈的感觉。院中墙壁上还有福、寿二字，又似龙、虎二字的变体，意谓藏龙卧虎之地。

国庆休息了几天，我又投入繁忙的工作中。

我们在郑一切都好，请家人勿忧。

秋已深，天已凉，请家人保重身体。

  祝

家和人兴！

三儿　国兴　及桂玲

1999年10月8日于郑州

国兴、桂玲：

你们10月8日的来信收阅，并有国兴在岳麓书院的三幅照片，很好。

昨天收到你寄来的《大河报》《河南新闻出版报》，上面刊载了你的两篇文章，写得很实在，文风不错。

你发在《大河报》上的《哥俩好》,晓宇拜读之后,喜上眉梢,情不自禁,高声朗读,并笑嘻嘻地问你二哥:"爸爸,你说'借书不还,全家死完'是啥意思?"他已是读三年级的小学生,很用功,学习成绩一直是全班第一名,也是去年家庭读书奖的获得者。

希望你在工作之余,多发现些素材,多写点东西,多见报刊。我认为,任何作家的成长,都是这样一步步地走出低谷,蹴过沟坎,到达理想的彼岸。

家中电话最近几天有点故障,经常不通,现正在维修中,因此写信告知——在郑州的儿和媳。

再见。

父签
1999 年 10 月 24 日

【旁白】

  在书业界,订货会颇多,除去地方性和专业性的,全国性综合性的订货会,一个是每年在北京举办的北京图书订货会,另一个是每年轮换承办城市的全国书市。

  单说全国书市。全国书市原来的全称是"全国图书订货会",从第十七届开始更名为"全国图书交易博览会"。

全国书市是改革开放的产物。改革开放的另一个产物是二渠道书商,几乎从一开始,二渠道订货会与主渠道订货会便如影随形,而且先于主渠道订货会举办,从业者称之为"会前会"。

虽说官方的"全国书市"专指在会展中心举办的主渠道订货会,可在从业者的概念里,"全国书市"却是两个渠道订货会的总和,不可分割单列的。

在书店时,我先后参加了在长沙和南京举办的全国书市,就二渠道订货会而言,值得一提的是在长沙举办的第十届全国书市。

那是我第一次独自参会,身上带着几万元现金,就为在订货会上订些新书——二渠道书商对于新户要求甚严,或付全额书款或交纳订金。

在这次订货会上,民营书商晓白推出了"行走的祝勇",我十分看好这套书,并对其中一册《手心手背》里王焱的插图品头论足,引得一旁的祝勇十分讶异(知道王焱并喜欢其作品的读者大约不多),便加入谈话,并谈定经销事宜。我或许道出了知己之言,拉近了双方的距离,在祝勇的支持下,订这套书便没有付全额书款乃至交纳订金。

内地有五百多家出版社,当时和郑州三联书店有业务联系的,将近二百家。

每次订货会归来,我们都是大包小包的,有自己买的地方特产和出版社赠送的笔记本、名片夹之类,更多的是留存的订单。

出版社的订单可不仅仅是几张纸,都是厚厚的,而且有的印装精美,完全不逊于正式出版的图书,即便一时和这家出版社没有业务联系,也让人舍不得丢掉。

之前多人结伴出去还好说,每个人分担点,倒并不觉得是多么大的负累,但长沙那次订货会可把我累惨了,且不说二渠道订货会与主渠道订货会两头跑(二者有几天是重合的),单是将那些订单提回来就够我受的。

正所谓"思路一变天地宽",其后我们就不再死板了,会后将订单办理托运,返程便轻松了不少。

国兴、 桂玲:

今收到你们的来信,和三联书店与《大河报》合作新书推荐的两篇书评,写得很好,有理、有情、有独到的见解。

如果说以前的报纸杂志刊出的文章比较青涩的话,那这次你写的两篇书评,我认为比较成功、成熟。写书评好,既宣传了作者与书的价值,又宣传了自己,锻炼了写作,还有稿费,何乐而不为呢?

你的文章能经常见报,这就是你的成绩,用乡村俗话说,"国兴的墨水没有白喝"。上次你写二哥的《哥俩好》那篇文章,在你中学时代的教师中广为传播。有位教过你的老师拿着报纸，找到我说："郑州马国兴在《大河报》上发表文章了，写的还是家乡的事儿。"

  天气冷了。上次电话中，我问到你和桂玲的取暖事宜，主要是看都市频道报道有煤气中毒发生，因此，特为此再提醒，宁要冷点，不要一氧化碳中毒。你和桂玲要互相尊重，遇事共商，创造一个和谐美满的小家。这是双方父母殷切盼望的。

  1999年即将过去，2000年是21世纪的开始。忙于工作是好事，在工作中学习、奋斗、进步，这是每一个有志之士成长的逻辑，你们也不例外。好男儿志在四方。只要能多参加一些全国性的会议，那是会增长见识、丰富自己的。

  家乡一切都好。你的二舅和续舅母从西宁来家乡，为你外公立碑纪念，住了两个月，已回青海。你爷爷今年显得有些老了，毕竟已七十六岁，年岁不饶人呀！

  不知桂玲老家社旗的家里如何？在写信和去电话时，替我们问候一下。

父签
1999年12月15日于医院

【旁白】

  起初，郑州三联书店没有人专门负责宣传，我由店面到采购部以后，自觉担起了这项任务。

我喜欢这个工作，它能让我将爱好融入其中，比如写书评，就让自己在亲情友情的题材之外，开拓了另一个疆域。

由于书店与本地媒体的合作越来越多，我操刀拼贴了不少图书的推介文字，先后在相关媒体刊布，省会媒体转了个遍。又由于各家媒体时常改版，所以都没有坚持太久，不过此起彼伏，我也不会闲着。

我都不好意思说自己写的是"书评"，只因其多浮光掠影，游离于书外，目的性功利性极强，明显都是些速朽的玩意儿。

而所选图书，多为新近出版的大众化读物，比如《灵魂的出口》《没有人知道你是一条狗》《写食主义》之类。我那时思路还算开阔，推介图书并不限于"读书"版，也依次将书香引入"绿城消费""绿城休闲""绿城美食""康乐"等版面。

人脉渐广，我时常接到非读书版编辑的约稿，勉为其难地参与一些话题讨论，写了一些相关文字：前天刚在"家天下"里"对亲子鉴定说不"，昨天又于"情感世界"中表明"舍才能得"，今天还得"电影院外看电影"……

当然，我所拿手的生活随笔，写出来也不愁没有出路了。那段时间，我是忙得连轴转，刚刚应付完一个稿债，又有新书眼巴巴望着自己了。2000年，我共计发表文章五十余篇（次），稿费收入1 000余元，那

267

时我的月工资不过才700元。

那些介绍图书的文字，实在浅薄，没有什么文学价值，不过，在写作的过程中，客观上锻炼了自己的文笔。

2000

　　春节之后一直没有通信，由于电话通讯更方便，有些事，通电话比写信得当、快捷。3月20日晚近九点，全家人围坐在电视机旁，观看都市频道的《都市报道》节目。是你姐姐眼明嘴快，看到三联书店作家签名售书的报道，她说："作家张宇旁边坐着的，不正是马国兴吗？"看来，生意红火，还挺忙的。作为企划总监，出主意，想办法，促销售，多挣钱，才是施展才华的最好注脚。为此，全家向你们表示祝贺。

国兴、桂玲：

春节快乐。

一年一度的春节就要到来。"每逢佳节倍思亲"，家乡父老对在外工作的儿和媳深深地思念。

好在，腊月十八你爷生日，你们刚回过家。这次你们回来，给全家人的总印象是财政困难、经济不振，当然，不至于穷困潦倒。但是，你们也没提出需要家人帮助。你爷爷担心，你把钱借出去要不回来。你妈妈考虑到你们的家庭负担，如果今年要孩子，她想，现在身体尚好，可以帮你们带。

今年回家带弟弟绿山是很对的。因为你们结婚典礼时，老家没来人，我们总觉得过意不去，所以这次绿山来，我们赠送200元钱不算多，只是点心意，并希望回去见到桂玲的爸爸妈妈，代我们问候和致谢。

你爷生日时照相洗印如何？如还可以，可邮寄回来。

今天是你大嫂的爸爸的生日，你大哥也放假，全家去焦作市祝寿了。你大哥现有几万元钱，一旦宅基地确定，也准备盖房。他有两个儿子呢。

今年冬闲变冬忙，你二哥在拉肥。盖房时的账，他已还了三家，近2 000元，争取在今年还清。以后再挣钱，计划买辆汽车跑跑。

期终考试已结束，今年被评为"三好学生"的晓宇、向前，在家庭获奖。由于今年的经济形势不太好，奖项价值自然也打折。去年分别奖晓宇和丹丹每人一辆自行车，今年每人奖一个足球。你们离家时，给每人10元压岁钱，孩子们很高兴，见人就说："三叔三婶真好。我们一定好好学习，长大争取去郑州、去北京读书。"

国兴经常出差，是很需要钱的。这就要求你们去多挣钱，挣多钱。相信你和桂玲会安排好的。

今天我在医院值班，抽空写信说说家庭的事。

祝你们春节心情愉快，身体健康。

父签

2000年2月1日于医院

国兴、 桂玲：

春节之后一直没有通信，由于电话通讯更方便，有些事，通电话比写信得当、快捷。

3月20日晚近九点，全家人围坐在电视机旁，观看都市频道的《都市报道》节目。是你姐姐眼明嘴快，看到三联书店作家签名售书的报道，她说："作家张宇旁边坐着的，不正是马国兴吗？"看来，生意红火，还挺忙的。作为企划总监，出主意，想办法，促销售，多挣钱，才是施展才华的最好注脚。为此，全家向你们表示祝贺。

家里，春耕已忙。你姑家种菜，你二哥备耕。你大哥在焦作市学习。全家人在各自的岗位上辛勤劳动。

你二嫂身怀六甲，预产期在农历五月。

我们家又要添丁了。

你爷爷很关心你们的事……

再给桂玲的爸妈写信时，不要忘记替我们问候！

顺祝

进步！

父签

2000 年 3 月 22 日于医院

国兴、桂玲：

今用挂号信随信把小敏的保证金条寄去。很多情况，你妈已在电话中说明了。她的工作是通过你安排的，又是你妈娘家的重侄女，因此，办好此事，义不容辞。不过，她因婚事丢了工作，实在太可惜。农村自然有农村的规矩。

据说，她谈的对象的父母不会说话、不会办事，只因一句话，棒打鸳鸯两分开，自古多少有情人难成眷属！

不是人常说"男怕选错行，女怕嫁错郎"吗，因为这些事，有可能导致一个人的终身结局，因此叫"终身大事"不为错，需要慎重对待。

你和桂玲在处理这些事上，比较明智，我们也全力支持。但愿人长久，日子更甜蜜，婚姻多幸福。

上封信收到了吧？

父签
2000年3月27日

亲爱的老爸及全家亲人：

春天好！

来信收阅，详情尽知。

策划张宇签名售书活动，可以说是企划部成立以来的第一件大事。省会媒体和书店很熟，由我联系并写稿，事先在《大河报》《郑州晚报》《城市早报》《东方家庭报》上发了消息，并邀都市频道等媒体与会采访，借宣传作者宣传图书宣传活动，同时宣传郑州三联书店。由于我组织此事，便陪同张宇签售。能在电视上露脸，实属偶然，所以也没提前通知家人收看。那次活动还算比较成功，我对企划工作也找到了感觉。

前段时间曾寄了几份样报回去，那是我们与相关报纸合作的栏目版面。我感到自己的能力较初入三联书店已有很大提高，现在的问题是，在继续提高自身素质的同时，如何利用书店的环境和条件，向外推销自己。我一定会让你们为我骄傲的！

前一段给老舅写信，他不久便回信了，告知地址已变更。老舅让我代问爷爷好。他还说，3月底4月初，他很有可能应约来郑州，到时我们会见面谈心。

……

【旁白】

此信应为 2000 年 3 月底或 4 月初所写，其后内容缺失。

五年后，2005 年 7 月 24 日，姐姐马新鲜因脑出血病逝，年仅四十二岁。

当日凌晨五点，二哥来电："咱姐不中了！"

随后，我乘早班长途汽车返乡。在车上，我决定将正在编辑的《纸上读我》献给姐姐。随后，我用手机编了个"短信诗"："姐姐，今天你要远行/舍下多灾多难的皮囊，和/子女迷茫的目光//姐姐，今天你要远行/终于走出故乡，却/再也不会回来//姐姐，今天你要远行/就送你到天堂门口，来世/我们还做姐弟。"

我边编边流泪。编好后，不敢发出，幻想着在医院病床上，再次见到即便没有知觉的姐姐。但到博爱县人民医院后，看见空空荡荡的病床，我才回到现实……

1999 年 5 月，由于销售萎缩等原因，紫百支店和郑百支店先后撤店，图书和书架合并搬迁至新建立的太康路支店。

太康路支店旁边就是 1999 年 2 月 12 日开业的新

华书店郑州购书中心，之所以与其比邻而居，主要就是试图错位经营、借力发展。

太康路支店是郑州三联书店传统门市的升级版，特意辟出空间设立咖啡屋，在其中放置读书类报纸和出版社的订单，如此，读者总算有了歇脚和交流的场所。但是，或许知者寥寥，太康路支店一时读者并不太多。

为宣传太康路支店，也为更好地服务新知书友俱乐部会员，1999年年底，郑州三联书店专门设立企划部，任命我为企划部总监。

那时，我由理货到营业再到采购，在书店已历练多年，各个环节了然于胸，但对于全新的企划工作，却也不由得茫然无从。

刚开始，我在同事的协助下，为各个店面设计制作了展板，让"新书预告""重点推荐""销售排行""广而告之"各得其所，又联系了省会媒体读书版编辑，或写书评推介新书，或提供销售排行榜并点评——自然，是注明了郑州三联书店太康路支店的地址或电话的。

张经理对此并不满足，说我的企划部实际上只是"宣传部"，应该组织一些活动云云。我也有心寻求突破，可不知从何处着手，一筹莫展。

话说某一天，和朋友闲聊中得知，作家张宇创作了长篇小说《软弱》，已在《中国作家》2000年第3期发表，即将由人民文学出版社出版，本地的报纸也将连载。

听闻这个信息,我激动不已,脑海划过一个企划案:谈地区包发,做签名售书,发相关报道,郑州三联书店太康路支店不就名声在外了吗?

我当即买了一本《中国作家》,通读一遍张宇的《软弱》。张宇以郑州为小说背景,借警察与小偷的故事,对人性进行了深层次的思考和分析。

"小说中也有一些'作秀'的地方,譬如王海的父亲要卖盆景时,借机大侃盆景艺术的流派,王海到休闲山庄时,又借机大谈茶艺和茶文化,倒是有点粘上去故意作秀之嫌。"何镇邦对小说的评价我也有同感。

另外,对小说中的性描写,我也难以接受,写得太实在了,也许小说中王师傅的话表达了张宇的心声吧:"我是得于实,也失于实。知道自己的短处,又改变不了自己。为什么呢?这就是书上说的局限了。因为玩什么东西开始是技术,入了道就和怎么做人接通了。我这个人为人太老实,所以我的作品到啥时候也不会飘逸和灵动起来。"

然而,总体来看,《软弱》是一部好看的小说,卖点颇多,值得我一试身手。

我给同事林桦谈了自己的设想,并请他"审阅"《软弱》。

他一口气读完后,积极支持我去实施计划,并说:"郑州三联书店成立十年来,还没有做过一个漂亮活儿呢!"

我坚定了信心，先是联系了张宇。他表示，愿意配合书店的任何活动。随后，我和张经理沟通，请他务必和出版社敲定包销事宜……

接下来的一段时间，我每天都跟打仗一般，又忙又累又兴奋：数次前往张宇家，确定签售细节，送去他购买的一百五十本《软弱》（书店按进货折扣出售），并简短交流；在媒体上发布签售消息，安排专访和书摘事宜；通知新知书友俱乐部会员，请感兴趣的读者与作者互动；调动各条战线的同事，围绕此事服务……

结果，张宇签名售书活动顺利举行，现场签售两百多本，增加了太康路支店的人气，还算成功吧。

签售当晚，河南电视台都市频道报道了张宇签名售书的消息，其中有采访我的段落。

那个签售活动，郑州三联书店并没有现金的支出，只是送了张宇以及媒体人一些书而已。事后，店里却做出了"得不偿失"的结论，所以接下来此类活动我就没有再做。

既然说到签名售书，有一件趣事不得不提。

我任店长时，某日，在店里翻书熟悉业务，忽然发现某当代名人自传的扉页，签了传主的名字，明显不是印上去的，而是后写的，并且店里他的几本书，有的签了有的又没签。

我十分惊诧，开始还以为哪位店员搞恶作剧，询问一圈，排除了这种猜测。

我苦思冥想了半天，试图还原它的"前世"：出版社请作者到某书店签名售书，调了很多书过来，但是捧场的读者不多，冷场可太难堪了，怎么办呢，忙找来社里编辑和书店店员充数，一一捧着本书排队签名；散场后，这些书被书店退回社里，发行部再将其发往其他书店。

那些人可算是"书托"，我真担心作者热心地询问对方名字，非要题上款可如何是好，不过也许作者心知肚明，维护着虚假繁荣，"看透别说透，还是好朋友"，呵呵。

亲爱的家人你们好：

又是一个忙碌的红五月，家里的麦子也该收了吧，国兴和桂玲却远离故乡，在郑州为自己的生存忙碌！

我们一切还好，就是忙累，甚至忽略了给家人写信和通话。忙是好事，累也没有什么，关键是身处各种复杂关系中，身心俱疲！对于我来说，我只为修炼自己而工作，而不是为某一个人。谁都知道，无论做得好坏与长短，在三联书店不会是终身的。

黄科大领导有句话说得好：单位要"利用"你，你也要"利用"单位。对目前的我来说，书店在利用我的能力和激情，我也在利用书店工作的便利，发展自己的兴趣和特长。由于身处企划部负责的位置，我便有机会和新闻媒体以及相关人物打交道，有机会向别人展示推销自己。当然，更主要的是，在实际工作中提高自身的能力。我真的热爱现在的工作。

困惑也罢，厌恶也罢，我的工作照样做下去。每周五，《城市早报》都会有我点评图书销售排行榜的文字，省会其他媒体上，《大河报》《郑州晚报》《东方家庭报》等也时不时有我的文章面世（上次寄回去的是其中一部分）。如果说现在书店正面临危机，危机危机，这纷纷扰扰的危险中，恰恰给了我难得的机遇呢！

不说这些了。前几天给家里打电话，求证了一些东西，为晚辈们选了一些图书。忙过这一段，回家时再捎送给他们。如果老舅返乡到咱家，请家人电话通知我们。

先写到这儿，见面详述。

愿二嫂顺产。

全家一切好！

国兴　桂玲

2000年6月5日于郑州

【旁白】

销售排行榜是市场经济的产物，它是阶段性的回顾，更是指向未来的导引。

就内地书业来说，排行榜引自港台唱片业。排行榜基于图书的销售成绩,但是从一开始,排行榜就并非销售实情的完全反映,出版商花钱买名次就不说了,编制排行榜的书店也会因某种考虑,对其做出调整。

那时,我和身边的报纸、杂志、电台、电视台联系密切,选送新书、撰写书评之外,必不可少的,还有提供销售排行榜。排行榜是对书评的补充,点面结合,全方位展示了书业的风景。

就排行榜来说,值得一提的是与《城市早报》的合作。

依其"读书"版编辑王驰起初的想法,是将郑州三联书店的排行榜与京沪民营学术书店的并列,以映照各地读者的阅读趣味。

不过,大概是限于版面,她最终决定只刊登"郑州图书销售排行榜"(注明"郑州三联书店提供"),并约请我写简评。

这个系列每周发布一次,前后共计十六次。每次都是我写好后,连同排行榜一同传真给她,如果不及时完成,人家的报纸都有可能开天窗的。

这是一个痛苦的差事,因为榜单有时变化不大,我不得不想方设法从不同角度说话,往往有语尽词穷之感。

我说的是郑州的图书市场,或许从中也可以看出当时全国的基本情况。

2000年,大众的读书偏好是什么呢?

在信息化的时代里,一本书销售成绩的好坏,除了自身的品质，还要由媒体散布信息的多少而定。刚进入新千年，就传来了台湾作家李敖因《北京法源寺》获得诺贝尔文学奖提名的消息，大小报刊是一番热议，相应地，李敖的这部旧作再版后，许多读者争睹其庐山真面目，立即引发销售热潮；

上一年，王朔借《看上去很美》复出文坛，其后批鲁迅、评金庸、骂白岩松，争议不断，这一年他的随笔集《无知者无畏》几经周折终得出版，引领一时阅读风尚；

"70后"作家里，最惹眼的是"美女作家"卫慧和棉棉，两人互相指责对方抄袭了自己的作品，让人雾里看花，唯一可以看清的是，卫慧的《上海宝贝》和棉棉的《糖》先后上榜；

"70后"作家立足未稳，不久，韩寒携《三重门》横空出世，宣告"80后"作家从此登上历史舞台；

影视与图书互动由来已久，屡试不爽，这一年，受益的图书有《贫嘴张大民的幸福生活》《钢铁是怎样炼成的》《大明宫词》《人间四月天》《永不瞑目》等；

这一年春节后股市的攀升，带动了投资类图书的销售，《股市操练大全》《短线是银》《炒股就这儿招》《股往金来》等书随股市浮浮沉沉，这类书大都成系列，和文学书一样，也造就了一些畅销书作家和响当当的品牌，比如"李几招""唐短线"……

国兴、 桂玲：

　　来信收到，内情已知。

　　寄来的样报，已在全家以及医院的同事中同时传阅。为你能经常有文章见报自豪，为你的成功祝贺。

　　当然，能在大报（党报）发表更有影响的文章，会更上一层楼。你的前人，多少不都是借由报纸杂志、广播电视成名的？新华社前社长穆青，就是以《县委书记的榜样——焦裕禄》一举成名。这篇报道，在全国引起很大反响，以至兰考县、河南省都为此荣光。不一而足。

　　我说的是，要不失时机抓住一个好的题材，能写出点有分量的东西。前进的机遇，时刻都在向你招手，只要努力，会取得更大的成绩。还是老话一句：德、才、机。就你最近寄来的样报，提一点粗浅的看法，妥否，自酌。

　　秋雨连绵，预示着春华秋实。

　　家里一切如常，全家老少平安健康。

　　在和社旗通信时，不要忘了替我们致以问候。

　　信中再见。

　　祝

一切顺利、如意吉祥！

父签
2000年8月7日下午于医院

爸：

昨天凌晨一点多，我们一行三人从南京出差归来，顺利返郑，请家人勿忧。

这次全国书市，是张经理十年来首次缺席。除了我，还有李蓓、李东耀前往南京。这八天一切都顺心如意，还在订货之余游览了南京的夫子庙、大屠杀遇难者纪念馆和雨花台等景点。小时候一直唱的"莫愁湖边走"一歌中的莫愁湖，我们只是经过，没有进去。拍了些照片，待冲洗出来再寄给家人。

南京之行，我并没有买雨花石（那儿是一块钱抓一把，没意思），倒是搜罗了几叶书签，寄予家人。

愿全家一切好！

国兴　桂玲
2000 年 10 月 19 日

【旁白】

从一开始，全国书市就不仅仅是一个订货会，这还是一个结识新朋、会见旧友的盛会。初入书业，每每聚议，我更多的是倾听，并暗暗记下业务高手的经验之谈。

方玉说，做业务其实是做人，订货很简单，关键是要处好人与人之间的关系；贵阳西西弗书店的蒋磊说，做业务最重要的是克服自己的心理障碍；上海季风书园的夏明昌说，做零售起家的做不好批发，反之亦然，虽然同为书业，但零售和批发是两种思维、两种经营方式，零售而批发或批发而零售，总会将原有的进货和经营思维带入新领域，从而走向误区。

民营书店作为民营经济的组成部分，一路走来，颇多坎坷。

2000年的全国书市在南京举办，好客的钱小华将民营书店的代表请来，在先锋书店研讨民营书店的发展。那次会议，郑州三联书店并未受邀，但得知消息，我依然独自前往。

不料，研讨会成了诉苦会，调子低沉。

有位先生挺身而出："既然我们选择了这个行业，就应该无怨无悔。一味地说办书店难，办民营书店更难，办人文社科民营书店难上加难，矫情而无益。没法改变大环境，还不如就经营中的小问题展开讨论，寻求解决的办法！"

此语一出，气氛十分尴尬，时至今日，我已淡忘了组织者钱小华如何收的场，我只记得那天他没有诉苦。

如今，我早已远离书店工作，但是延续了很多原来的职业习惯，比如每每出差，我必寻访当地有特色的书店，拜会新朋或故交的店主。

虽然我与他们走上了不同的道路，但一见如故，话题始终绕不开书业，比如实体书店在网络时代的生存现状和转型可能，比如读者阅读兴趣的演变和出版物未来的形态……

2001

　　孩子们学业蒸蒸日上，老人们老当益壮、身体健康，全家和睦共处，家和万事兴。所以，别人没有的我们有，别人有的我们也将会有。只是，联系到你们的孩子，你爷、父母都有点想得慌。过去俗话说："三十没儿心中想，四十没儿老街嚷。"趁年轻体壮，养个儿女也是应该的。请你们三思。

亲爱的家人：

你们好！

自来到百花园杂志社工作后，一直忙于自己的业务，疏于和家人联系，我和桂玲一切都好，请家人勿忧。

3月11日从家里返郑之后，我马不停蹄地为熟悉并拓展业务而奔波：3月28日至4月1日，和四位同事到西安参加期刊宣传会议；4月14日至29日，十六天将江西十一个地市一一游历，考察市场，加强联系。

由于在书店做采购（行话叫"吃货"），而在杂志社与之正好相反，做发行（行话叫"吐货"），我先前的经验几乎没用，一切均需从头再来。好在我不是笨人，又爱好学习，更有老业务愿意传帮带，这两个月，我进步不小。

主要是做人方面的收获。"老人"们给我指点应该注意的一些事，避免了自己在这里走弯路。"马大骡子大值钱，人大不值钱！""做业务的，一些事儿可以不干，但不能不会！""人都是闲死的，没有累死的！""不打勤，不打懒，专打不长眼的！"精辟的语言，是生活感受，更是我工作的指导思想。

来到杂志社以后，比在书店时要宽裕多了。原来每月700元，甚至还没有桂玲工资高，现在翻番，每月1 550元，还不时有补助——比如，三八节补助100元，五一节过节费1 300元。我就在想，即便桂玲将来怀孕休假，我的收入也足以抵挡开支了。前一段，单位还发了两桶信阳毛尖新茶，如果在6月能抽出时间，我回去捎给家人。

五一过节放假七天，我和桂玲去了社旗。那边一切都好，桂玲父母送了一壶香油，什么时候也给家人带回去吧。

先写到这儿。

向全家人问好！

国兴　桂玲
2001年5月23日于郑州

【旁白】

2001年2月1日上午，受老舅之托，我赴百花园杂志社，给杨晓敏总编送去他们写的书。

"文化人应该有钱！"聊了一会儿，杨总编忽然提出要我加入"百花园"的想法，得知我的月收入是800元，他说要给我翻番。谈到具体的工作，他认为，我在发行上可能会有新思路新拓展。

来之前，我对小牛说："你等着我给你拿《小小说选刊》读吧！"

除了免费的杂志，我不过以为又将打通一个发表文字的渠道，不料，他却要从根本上改变我的工作和生活。

六年后，在《书生活》的后记里，我将杨总编定位为"人生中的贵人"。其实，老舅亦如是。

2001年是百花园杂志社最红火的时期,《小小说选刊》年初的月发行量是60余万册,年广告收入逾100万元,年总产值在2 000万元左右。相应的,杂志社成员收入较高,有编制的正式职工都已解决住房问题。

我最终选择加盟小小说事业。得知我去意已决,薛总建议我再做一段时间,有个缓冲和过渡,做好业务交接。随后,他特意赶到杂志社,和杨总编商讨此事。

我将自己负责的人文社科图书采购业务,移交给了薛总指定的刘云飞,并印公函寄至各个出版单位,公告此事。至于企划宣传工作,经薛总提议,我又做了一段时间后,移交给任可娜。

"你好!三联书店。"刚到杂志社工作,接电话时,我还习惯性地如此应答,不禁脸热心跳,随即自嘲了事。

作别书店生活之后,我的"三联情结"却日渐浓烈,其中一个表现就是,每每看到某家出版社出了一本老三联书店风格的书,我总是耿耿于怀:这本书应该由三联书店出的。

当年朱德庸和现代出版社联姻,我即有此意,疑惑为何他的选择和蔡志忠不一样。读了沈昌文先生的《知道》,我才知道,原来其间有沈先生牵线——现代出版社社长吴江江先生,曾就职新闻出版署计划财务司司长,为建设美术馆东街的三联书店大楼出力不少。

这，也算沈先生出版原则之一"人脉第一"的具体体现吧。

2009年，由于多种原因，我着手整理在书店工作期间的日记，后来精选发表于《天涯》2013年第6期。2010年，我以之为基础，写作《我曾经侍弄过一家书店》，发表于《读库1005》。2012年6月，单行本由江西高校出版社出版。

单行本编辑之初，经俞晓群先生牵线，我约请沈昌文先生作序，最终如愿以偿。沈先生的《郑州往事》，钩沉创办郑州三联书店及越秀学术讲座的逸事，是一份珍贵的史料，可谓书店的"前传"与"别传"。

2021年1月10日，惊悉沈昌文先生远行，我悲痛不已。

国兴、桂玲：

寄来的《河南商报》收阅，欣读国兴写的《人民战争的伟大转折》。因已通知你的老舅，我想他阅读后，一定会高兴的。

近半年了，没见国兴文章见报，今见后，当然感到欣喜若狂，或叫万分高兴吧。我不是说能挣多少稿费，而是可以让我们老一辈为此而自豪，为有出息的儿子而夸耀。

你说的你老舅的信，我们尚未收到。

国兴跳槽也算是跳应了，因此膘肥马壮。国兴这次回来，又孝敬了你妈、你爷，以至老人们在人前夸儿孙孝顺、能干、有本事、能挣钱。

　　桂玲的工作比较辛苦和劳累，要爱惜身体。几次欲往郑州，没有成行，都考虑到你们的任务不轻，生活安定，精神都有寄托。你们能互相关心照顾，我们也就放心了。

　　家里的情况，国兴应当给桂玲介绍一下。孩子们个个欢乐如马、健壮如牛，学习成绩一个比一个好。暑假前考试，晓宇五门功课四门优一门良，向前、苏豪两门全优，登高、丹丹均为优良。几年十几年后，我们家将又要出几位大学生，甚至是国家名牌乃至世界名牌大学的大学生。

　　孩子们学业蒸蒸日上，老人们老当益壮、身体健康，全家和睦共处，家和万事兴。所以，别人没有的我们有，别人有的我们也将会有。

　　只是，联系到你们的孩子，你爷、父母都有点想得慌。过去俗话说："三十没儿心中想，四十没儿老街嚷。"趁年轻体壮，养个儿女也是应该的。请你们三思。

　　今年夏粮丰收，秋作物经抗旱也已种植，生长旺盛。庄稼就像人，人勤地不懒。最近下了两场小雨，旱情有所缓解。

　　就写到此吧。

　　书信再见。

父签
2001年7月6日下午于医院

【旁白】

这是在父子持续通信十年里，父亲写的最后一封家书。

五年后，2006年9月4日，父亲给我寄了一封写在处方上的短笺："国兴：接证明后，抓紧复印你妈的病历，办好后寄回来。谢谢。"

此前，母亲因冠心病，来到郑州大学第一附属医院，做了内科手术，在动脉血管放了两个支架，心肌供血不足的症状才得以缓解。

刚结婚时，我和小牛并不急着要孩子，相约过两年再说。而双方的家人却十分关心此事，不时或直白或含蓄地敲打我们。

岳母见我们迟迟没有动静，向小牛道出自己的猜测："不会是新婚不久就挪动婚床的缘故吧？"

母亲告诫我们："有了孩子就要，千万不能打掉。"她说，趁着老胳膊老腿还能动弹，可以给我们照看孩子，不会耽误我们工作的。

这话听得多了，每次回家我都"近乡情更怯"，平时也疏于和家人联系。

2000年，《二哥和我》在某征文活动中获奖，没有多想，我就兴冲冲地给家人打电话报喜："妈，给你说一个好消息……"话刚出口，就想着她会误解，不该用那个词，就解释，不要想到小牛怀上了，而是我的文章获了奖——然而，这件事在她心目中，其价值怎么能比得上小牛怀孕呢？

其后某日，岳母帮我们拆洗婚被，发现里面有两个棉絮做成的"小人儿"，一男一女，由红色棉线系结。我看到后，便再次体会了家人的良苦用心，那无疑是和往被子里塞大枣、花生、砖头、瓦块一样的道理，胸中便如一块海绵吸饱了水，沉甸甸的……

老舅等人创作的《破釜沉舟转战中原》，因为没有人全力支持拍摄，又怕就这么不了了之，遗漏一段史实，最终选择先在军事科学出版社出版。

剧本出书，影响力总不如拍成电视剧大，不过对于他们倾注心血的跨世纪工程，也算有了一个交代，虽说打了折扣。

《人民战争的伟大转折》是《破釜沉舟转战中原》的书评，发表于《河南商报》2001年6月28日。在此前后，我为他们编著的其他三本书，也写了报道或书评，在河南的报纸上发表。

在此后的一封信里，就此事，老舅写道："谢谢你，你确实是个办事的能手，我信得过你。从这点讲，你比你爹强，你为我办了件好事。"

2017年8月，与老舅联系二十五年之后，我偕妻儿赴滇探望他。在我们通信期间，他先后五次回乡，分别是1993年、1994年、2000年、2004年和2010年。

2019年8月25日，老舅病逝，享年九十一岁。

亲爱的家人：

你们好！

秋已深，天渐凉，请家人注意添加衣服，保重身体。桂玲和我一切都好，我们会互相照顾的，勿忧。

到杂志社工作已半年多，现在终于有了点感觉。因为原来确定要我专发合订珍藏本，自己便对期刊的发行少了注意和熟悉，以致白白浪费了三个月。进入6月，由于合订本市场有限，加上为了引进竞争机制，社里将发行人员分片分组，各负其责，我和张明环老师分管长江以北省份市场。此后，我们重点在河南单兵作战，张老师去了安阳、濮阳、洛阳，我先后在焦作、新乡、许昌、漯河、周口等地，下县联系业务。通过一番实践，我建立了自己的信心，不再如刚来时那样茫然无措了。

按杨总编的要求，原来的小小说作者要做编辑，就应该收敛个人的创作，用心提高自己的业务水平。同理，本职工作是发行的我，也应如此要求自己。这半年多，我并没有写什么东西，所发表的几篇也大多是炒冷饭。比如，发在《小小说选刊》今年第16期上的《母爱如水》，就是去年的旧作。我会处理好业余爱好和工作的关系的。

最近，杨晓敏、郭昕、王中朝三位主编出了本《小小说主编手记》，我写了篇读后感，经主编们审阅，将要发在《小小说选刊》第21期及《小小说俱乐部》第11期上。那篇文章，作者署名为"曲辰"——曲辰者，農（农）也，这是我十年前的游戏命名。

我陪桂玲到医院检查了两次，一切正常，胎儿发育良好。目前桂玲还上班，一周改休息两天，平时也减少站立时间。等11月盘点结束，可让她交接、休假。

好了，先记到这儿。下次再叙。

祝

全家平安幸福！

国兴　桂玲

及马年将要出生的小小马

2001年10月12日

【旁白】

2002年3月7日，农历壬午年正月廿四，星期四，凌晨两点十五分，儿子在博爱县磨头卫生院诞生，顺生，七斤二两。

当日中午，有人给父亲送匾，题词为"从医几十载，医好上万人"。他的办公室原有患者家属送的另一块匾，其上印有《八骏图》。这让他甚为得意，因为他的"第八骏"刚刚出世——我们弟兄仨，加上各自的儿子，一共八个。

此前的壬午春节，我与小牛在老家度过。

某日下午看电视，演的是《杨门女将》"大破天门阵"这场戏。

三侄儿马向前忽然问我："三叔，你不是想要找穆桂英当老婆吗？"我一愣，又笑指小牛："这不就是我的穆桂英吗？！"

那是童年一个无邪的梦，看完豫剧《穆桂英挂帅》的我，深深地为宋朝这位巾帼英雄所吸引，对母亲说："我长大娶媳妇要找穆桂英这样的人！"

这话大约由大哥转述，让他的二儿子暗记在心了。

从梦想中的穆桂英到现实中的牛桂玲，我的成长历程，岂能一言尽之？不过，她们至少有一点是相同的，剧中的穆桂英和生活中的小牛当时都有了身孕……

我最终选定"马骁"作为儿子的姓名，并以此为他注册了户口。骁者，勇猛也，也是我对他的期许吧。

当年，我在《骁》一文中写道："亲爱的孩子，你是我们生命的延续，你是我们希望的所在，你是我们抗击命运的利器。当然，你也只是你自己，你要走属于你自己的路，而我们的光荣与梦想，则要靠我们去尽心尽力。"

附录　老爸的语文课 / 马骁

"你看，月亮是新月还是残月？有个诀窍，在北半球，如果月亮像声母 c，cán，那就是残月，反之就是新月。你已学过物理，自然明白其中的道理。"

从辅导班出来，来接我回家的老爸指着天空中的月亮，对我说。我知道，马氏语文又开课了。

我刚刚补习的，就是语文，更确切点来说，是现代文阅读理解。不过，上辅导班是为了应试，而我更享受夜路上老爸的语文课。

"披星戴月。披着星星做的衣服，戴着月亮做的帽子。多形象，多浪漫。不过这是形容连夜奔波或早出晚归，十分辛苦。现在我们就是这样。"老爸说，"中国古代有大量咏月诗词，你想到的有哪些？"

我答："李白的《静夜思》：'床前明月光，疑是地上霜。举头望明月，低头思故乡。'还有苏轼的《水调歌头·明月几时有》。"

他说："嗯。不过，这些作品虽然写到了月亮，其实说的还是人的事儿。李白借月思乡，苏轼借月思人。'月有阴晴圆缺'是虚晃一枪，重点在'人有悲欢离合'。"

从小学开始，我做现代文阅读理解试题总是不得要领，连连失分。老妈建议为我报个语文辅导班，但老爸刚开始不以为然，认为语文基础知识与素养，比如识字写字、成语运用、句子仿写、背诵默写、名著阅读等，主要在于平时的积累，靠突击是不行的。而现代文阅读理解与写作更是如此，比拼的是之前读书的广度、深度与灵活度。

随后，老爸为我制订了阅读计划，并每天抽出一个小时开设马氏语文课。

比如讲成语。讲了东施效颦、邯郸学步、刻舟求剑、守株待兔、掩耳盗铃等几个成语故事后，他问："这几个故事的主人公有什么共同点？"

我想了一会儿，回答："都很傻，很可笑。"

他说："对。现在的人也有这毛病，还经常犯两三千年前古人的错误。这本《成语故事》可以说是傻瓜大全，你认真阅读后，把相关的成语整理出来。"

老爸讲得天马行空，我也听得津津有味，只是等再次考试时，我又现了原形。

有一天，我发现老爸的一篇文章也被编写为现代文阅读理解试题，便拿给他做。他试着作答，然后对照标准答案，结果令人啼笑皆非。

"做这种题是有技巧的。"最终，老爸缴械投降，听从其他家长的建议，为我报了个语文辅导班。

为一探究竟，他和我一同走进课堂。原来所谓的"技巧"，不过是死记硬背辅导老师总结出来的条条框框，届时照方抓药即可。比如文章首段的作用有：开门见山，开宗明义；开篇点题，点明中心；创设情境，渲染气氛；设置悬念，吸引读者；为下文……（可填相应的内容）作铺垫；总领全文，引起下文。

这个，马氏语文真讲不出来。但他并不死心，认为那些会败坏我的阅读胃口，为减轻负面影响，每次来接我回家，总会另外开设夜路上的语文课。

"苏轼是'三苏'之一。'三苏'是指苏洵、苏轼、苏辙，其中苏洵是苏轼、苏辙的爸爸，苏轼是苏辙的哥哥。你看，爸爸的名字偏旁是'三点水'，而兄弟两人的都是'车'字旁，知道这一点就不会弄混了。"老爸说，"'三苏'都属于唐宋散文八大家，不过苏轼在诗词方面的成就也很高，《水调歌头·明月几时有》就是他最有名的一首词，词前小序中'兼怀子由'的'子由'是他的弟弟苏辙的字。"

说着说着就到家了。老爸上网搜索并播放王菲的同名歌曲，对我说："古代诗词都是可以吟唱的，这是当代人作的曲，宋朝时肯定不是这么唱的。你看，有网络查东西多方便。上网不仅仅意味着玩游戏，希望你'穿越火线'之后，利用网络拓展视野。"

后记

这本书，父亲看不到它的出版了。2017年9月20日晚上11点，他因病与世长辞，享年七十三岁。

"马先儿！马先儿！！马先儿！！！"小时候的夜里，我的美梦经常被这样的喊叫打断。与此同时，还有来人撞击院门的声响，有时还伴着电闪雷鸣。父亲先应答着，穿衣下床，拿起诊箱，出门迎战。

故乡将医生唤作"先儿"。父亲与病魔的作战场景，我并不清楚，他也很少给我讲。岁月流转，我铭记的都是些生活的细节。

童年的玩具，屈指可数，而仅有的几件，也大都出自父亲的创造。我曾有个"万花筒"，是他用废弃的手电筒改造的。去了电池与灯泡，剪些五颜六色的纸屑，置于手电筒前端，翻转筒柄时，从手电筒尾端观察，可见变幻莫测的景象。

进入正月，父亲找出我去年的灯笼，撕去早已破碎褪色的彩纸，再糊上新鲜的，我便有了一个新灯笼。那个灯笼架也是他扎成的，材料是竹篾，形象是老虎。元宵节的晚上，我在灯笼里装上蜡烛，点着，到街上与小朋友去比灯。自然，我的是最有特色的。

起初，我们哥仨在家打乒乓球，只是拿着球拍颠球，或是对着凹凸不平的山墙单练。后来，父亲砌了两块水泥板，待其凝结后，又用砖块垒了几个柱子做支撑，球台便成了。没有球网，就立一排砖头代替。我们多余的精力终于有了倾泻的场所，玩得不亦乐乎。

我家原来只有一个书架，上面放满了父亲的医学书刊，而我们的小人书，只能屈居于纸箱里。某日，他找来一截木头，取出工具，一番锯砍锤钉之后，便诞生了一个简陋又实在的书架。我们将小人书从纸箱里解放出来，刚刚还空空的书架，不久便装满了我们的欣喜。

每天早晨起来，父亲总是将屋里屋外清扫干净，角角落落也不放过，然后再用拖把拖上一遍。他说，正像俗话说的那样，"扫地扫旮旯儿，洗脸洗鼻洼儿"，做什么事都不能对付，不能浮皮潦草。

闲下来时，父亲搬出自行车，将代步工具检修好，再擦拭一新。他说，"工欲善其事，必先利其器"，什么东西都是你对它怎么样，它也对你怎么样，比如自行车，如果平时不注重保养，到用时又是漏气又是掉链子，再着急上火也没用。

1958年10月，父亲走上医学道路。2007年1月退休后，他仍然坚持发挥余热，为广大患者服务，把毕生精力奉献给了乡村医疗卫生事业。

"为民除病当为己任，处事求其于心无愧"，这是父亲的座右铭，也是他一生的缩影。

这些家书能保存完好，主要归功于爷爷。1999年11月27日，他将我的去信集中后捆扎起来，并在某个信封背面用毛笔写上"马国兴来往书信"。也许，当时他并未想过有一天我会去录入整理它们，此举只是他有条理的生活习惯而已。

小学的每个寒假，爷爷每日都督促我练毛笔字。刚开始时，他捉住我的手，点点如桃，辟撇如刀，横平竖直，同时晓之以理："写字和人的坐立行走一样。你看，你的嘴和鼻子，是不是和下面的小鸡鸡在一条线上照着？写竖也要直，要不就不好看！"

年岁渐长，我不断读书，渐渐远离了家人。没有了外力的束缚，我不再刻意练字。过年回家，爷爷也不再摁住我写字，只是偶尔指出我写的家书的毛病："'我'字是一体的，怎么能拆开来写呢，那和'找'字有什么区别？"

在那之后，我读到一篇《"我"原是一种兵器》，其中提及"我"字本是左右结构，"以手执戈"为"我"。当时，我如同得到了救兵，真理的天平偏向了自己这边，信心爆棚。但是再见爷爷，我却只字未提此事。

那时，家里装了电话，我好久都没写过信了。

父亲的家书由他执笔，但显然代表了全家人的意思。例如，1993年8月29日，他在信中写道："在你来信的信封上，关于'同志'的称呼，你爷爷及在医院工作的同事感到不妥。你要知道，对父老的称谓，不同于同辈。你爷爷说，对父老应称爷、父、妈、姑、姨等以及大人，不能用同志，这让别人看到后会笑话的，因你是大学生了，又是专攻文学的。在给你老舅、你姨父去信时，也要注意这一点。"

多年以后，翻阅裘山山的书，如是一段话扎了我的眼："我的字经常被父亲批评，说我写得潦草，而且由字批评到做事，说我马虎。所以我给父亲写信，总要更规矩些，包括信封。父亲认为在信封上一定要写某某同志，不管这某某是你爸爸还是你妈妈。因为父亲说，信封上的字是给邮递员看的，写上'同志'方便邮递员称呼：某某同志，你的信。"

此时，父亲刚刚病逝，而爷爷也已去世七年有余。即便他们在世，或许我也不会以之作为证据，与他们交换意见的。

今天的我，已不再写信。

2015年秋，父亲脑出血病愈后，我忽然有种时不我待之感。当时我判断，上苍大约会给自己三年时间来为他做点什么。

2016年12月，当应约整理1996年的父子家书，投稿给赵瑜时，我提出一个不情之请，希望若可刊登，烦请他建议《天涯》编辑部，尽量安排在靠前的时间，以便父亲能早日见到自己的名字与文字在刊物上出现。

随后，我又整理了不同年份的家书，先后发表于《青天河》2016年第4期、《美文》2017年第6期、《大观》2017年第5期。这些，父亲在生前皆曾过目。

父亲的毛笔字很好，硬笔字自是不差。他开出的处方龙飞凤舞，不过除了专业的药名，并不难认。他写的家书，也是如此。想来，这也是爷爷训教的成果。

说起来，早在1987年，父亲就在空白处方上给我写过信。

那年，经父亲联系，我转到教育质量较好的另一所中学上初二。那时他担任磨头卫生院小庄分院院长。离家远了，我便与他住在他的办公室兼宿舍里。中餐和晚餐可以就伙，早餐只有自己想办法了。很长一段时间，他早上起来，烧开水，丢两块方便面，放点作料和香菜，为我们准备早餐。

有时出诊或回家，父亲会给我留一张便条，告诉他的去向，交代两句我应该注意的事项。比如，1987年10月18日上午九点，他写道："国兴：你外祖父母都在咱家，你晚上可回去见一下。二位老人来一趟不容易，没见着你这外孙很寂寞。香蕉是他们捎给你和你姐姐的。"

这些字纸，可谓其后那十年家书的前世，我现在仍保留着。

经统计，往来家书中，1993年有三封、1994年与1996年各有一封遗失，除去写在处方、样报、信封等上面的短笺，目前所存，父亲所写为七十九封，儿子所写为九十四封（其中1994年及2000年各有一封残缺），总计一百七十三封。

各年度情况如下：1992年，父一封，子一封；1993年，父四封，子六封；1994年，父六封，子十一封；1995年，父十一封，子十七封；1996年，父十九封，子二十封；1997年，父十五封，子十八封；1998年，父十三封，子十二封；1999年，父五封，子四封；2000年，父四封，子三封；2001年，父一封，子二封。

家书录入整理之初，我曾征求父亲的意见。他在支持之余，又表示，由于当年只是私下交流，如今公开，有些地方还是处理一下为好。

这也是我的本意。所以，最终确定的整理原则是，化名其中提及的部分人物，删去涉及个人隐私的部分语段。为便于阅读，径改双方的笔误，以及不合当下规范的字词。在此基础上，最大程度呈现家书原貌。旁白素材，多源自同期日记、书信、习作，原汤化原食。

　　感谢云从龙，他的理念与实践，给我滋养与砥砺；感谢梁小萍，她最早建议我整理家书；感谢赵瑜，他让我"柳暗花明又一村"；感谢刘玲、庞洁、张晓林、陈珩，他们先后促成了我的心愿；感谢时祥选，他促使我对家书进行深加工，并寻求出版；感谢李恒，他编辑《贩书记》的思路，让我确立了旁白的主题；感谢连俊超，他审校了书稿；感谢李建新，他贡献了书名；感谢张立宪、杨运洋、杨雪、秦俑、王彦艳、胡红影、李恩杰、郭大鹏、惠继超、林霖、马继良等师友，他们提供了有益的建议。

　　特别感谢陈卓。几年前他曾策划出版云从龙的《明星与素琴》，如今又经手编辑此书，让人不由得感叹缘分的奇妙。一位有理想、有坚持的出版人，正是这样通过一本本书体现出来的。经他提议，我将马骁发表于《读者·校园版》2018年第15期的《老爸的语文课》作为附录，以展现不断行进中的生活。

　　"生活总有文字除不尽的余数。"在谈到文字的局限性时，刘齐先生如是说。

　　具体到家书，显而易见，仅凭家人的智慧，尚不足以让我应对整个人生以及这流动不居的时代。幸运的是，经由阅读与思考，我找到了一条通往内心的幽静的道路。

　　写信即写心。虽然纸质书信时代已渐行渐远，人们的交流方式也在更新，但今日年轻人面临的问题，与二十多年前相比，并无根本改变，仍需用心面对。而这，也是我出版昔日父子家书的根本原因。

谨以此书，感恩父母与家人，并献给每一位用心生活的人。